Brigitte Blobel

Neues vom Süderhof –
Molle darf nicht sitzen bleiben

omnibus

DIE AUTORIN

Brigitte Blobel, 1942 in Hamburg geboren, studierte Theaterwissenschaften und Politik und arbeitete in Frankfurt bei Associated Press. Neben ihrer Tätigkeit als freie Journalistin und Drehbuchautorin hat sie zahlreiche Bücher für Jugendliche und Erwachsene geschrieben, die bereits mehrfach ausgezeichnet und in 14 Sprachen übersetzt wurden.

Folgende Süderhof-Bände sind
bei OMNIBUS erschienen:

Das Versteck hinterm Deich (27046)
Gefährliche Jagd (27047)
Wo ist Ben? (27048)
Das Pferderennen (27049)
Der Feuerteufel (27052)

Bei cbj ist von derselben Autorin
erschienen:

Herz im Gepäck (12953)

Brigitte Blobel

Neues vom Süderhof –

Molle darf nicht sitzen bleiben

omnibus

omnibus

OMNIBUS
ist der Taschenbuchverlag für Kinder
in der Verlagsgruppe Random House

FSC
Mix
Produktgruppe aus vorbildlich
bewirtschafteten Wäldern und
anderen kontrollierten Herkünften

Zert.-Nr. SGS-COC-1940
www.fsc.org
© 1996 Forest Stewardship Council

Verlagsgruppe Random House FSC-DEU-0100
Das für dieses Buch verwendete FSC-zertifizierte
Papier *Munken Print* liefert Arctic Paper
Munkedals AB, Schweden.

1. Auflage
Erstmals als OMNIBUS Taschenbuch Mai 2006
Gesetzt nach den Regeln der Rechtschreibreform

Der Titel »Neues vom Süderhof –
Molle darf nicht sitzen bleiben«
erschien erstmals 1989 im Pelikan Verlag, Hannover.

Umschlagbild: Silvia Christoph
Umschlagfoto: Ralf Kreuels
Umschlagkonzeption:
Basic-Book-Design, Karl Müller-Bussdorf
he · Herstellung: CZ
Satz: Uhl + Massopust, Aalen
Druck und Bindung: GGP Media GmbH, Pößneck
ISBN-10: 3-570-27053-X
ISBN-13: 978-3-570-27053-0
Printed in Germany

www.omnibus-verlag.de

1. Kapitel

Im Klassenzimmer herrschte die übliche schläfrige Stimmung. Dolly, die Englischlehrerin, lehnte an ihrem Tisch und las die vierte Fortsetzung einer langweiligen Geschichte, von der Molle nur jedes zehnte Wort verstand.

Molle hatte ihren Stuhl so weit zurückgekippt, dass sie durch das Fenster die Kirchturmspitze erspähen konnte. Auf dem Kirchturm gab es ein Storchennest, und das Storchenpaar war vor wenigen Tagen aus dem Süden zurückgekehrt, um da zu brüten. Seit acht Jahren schon kamen die beiden hierher.

Es war ein windiger Tag und die grauen Wolken rasten tief über den Himmel. Die Möwen ließen sich vom Wind treiben, ohne Flügelschlag schwebten sie an den Schulfenstern vorbei. Manchmal kam es Molle so vor, als wenn eine Möwe ihr direkt in die Augen schaute.

Vom Schulhof wurde Papier hochgewirbelt, und durch die offenen Fenster drang die schrille Pfeife des Sportlehrers, der mit den beiden zehnten Klassen ein Volleyballturnier veranstaltete.

Man hörte das harte Aufschlagen des Balles und manchmal die aufmunternden Rufe der Schüler.

Alles war interessanter als der blöde Text, den Dolly, die Englischlehrerin, gerade mit geheuchelter Begeisterung vorlas. Molle hatte keine Ahnung, worum es in dem Text ging. Sie hatte schon den ersten Satz nicht kapiert und es nach dem dritten Satz schließlich aufgegeben.

Für Peggy, die neben Molle saß und aufmerksam zuhörte, war das natürlich kein Problem. Peggy hatte schließlich ein paar

Jahre in Amerika gelebt, Englisch war so etwas wie ihre zweite Muttersprache.

Seit sie allerdings mit Dany und ihrem kleinen Bruder Ben auf den Süderhof gezogen war, hatte sie kaum noch Gelegenheit, Englisch zu sprechen.

Molle schaukelte auf ihrem Stuhl, kaute am Bleistift und beobachtete eine Möwe, die im Sturzflug aus den Wolken herabstieß, um im letzten Augenblick mit dem Aufwind wieder aufzusteigen.

»Manuela Brendel!« Dolly schlug mit dem Buch auf das Pult. »Würdest du bitte wiederholen, was ich eben vorgelesen habe?«

Molle wurde feuerrot. Sie stand auf, stützte sich auf die Tischkante, sah die Lehrerin an und schwieg.

»Ich habe dich nicht aufgefordert, dein Schweigen zu demonstrieren«, sagte Dolly scharf. »Sondern die letzten Sätze zu wiederholen, die ich eben vorgelesen habe.«

Molle fuhr sich mit der Zunge über die trockenen Lippen. Die anderen Schüler hatten sich zu ihr umgedreht und schauten sie neugierig an. Molle konnte sich vorstellen, was in denen vorging: Jeder war froh, dass es ihn nicht erwischt hatte. »Das waren lange Sätze ...«, begann Molle zögernd. »Ich habe manche Wörter nicht verstanden.«

»Es geht mir auch nicht um jedes Wort, sondern um den Sinn. Um den groben Inhalt.«

Die Lehrerin blickte Molle erwartungsvoll an. Und Molle spürte, wie ihr Gesicht immer heißer wurde. Sie hob hilflos die Schultern.

»Nun?«, fragte Dolly, noch eine Spur ungeduldiger.

»Ich kann nicht«, stammelte Molle.

»Was kannst du nicht?«

»Ich ... ich habe den Text nicht verstanden.«

Dolly klappte das Buch zu und ging über den Mittelgang auf Molles Tisch zu. Ihre hohen Absätze klapperten auf dem Steinboden. Es klang irgendwie bedrohlich, obwohl Dolly sonst überhaupt nicht bedrohlich wirkte: Sie war eine kleine, kurzbeinige Person mit frischer Dauerwelle, leuchtendem Lippenstift und hohen Stöckelschuhen – ihr Markenzeichen.

»Du hast den Text nicht verstanden«, wiederholte Dolly, als sie dicht vor Molle stehen blieb und ihr in die Augen schaute. »Soll das heißen, dass du überhaupt nichts verstanden hast?«

»So... so... ungefähr...«, murmelte Molle tonlos.

»Aber in diesem Text kommen ausschließlich Vokabeln vor, die wir in den letzten Stunden gelernt haben!«

Molle nickte hilflos. »Kann sein.«

»Kann sein! Ist das deine ganze Antwort?«

Molle blickte die Englischlehrerin trotzig an. Von jetzt an würde sie überhaupt nichts mehr sagen. Es war ja ohnehin egal. Sie hatte die Hoffnung längst aufgegeben, bei Dolly eine gute Zensur zu bekommen. Dolly hielt sie für eine Versagerin, eine Niete, das wusste sie längst. Und im Grunde hatte Dolly ja auch Recht. Molle interessierte sich einfach nicht für Englisch. Ebenso wenig wie für Mathe, Geo und Physik. Eigentlich, wenn sie ganz ehrlich war, interessierte sie die Schule überhaupt nicht... Sie konnte sich tausend Dinge vorstellen, die sie lieber tat, als in der Schule rumzuhocken.

Dolly studierte Molles trotziges Gesicht. Sie seufzte. »Ich möchte nachher mit dir reden«, sagte sie. »Komm zu mir ins Lehrerzimmer.« Dann drehte sie sich um und stöckelte auf ihren Platz zurück. Molle sank auf ihrem Stuhl zusammen.

Als Peggy ihr einen mitleidig aufmunternden Blick zuwarf, zuckte sie nur die Schultern und murmelte: »Ich weiß sowieso, was die von mir will.«

»Da bist du ja.« Dolly schenkte Molle, die vor dem Lehrerzimmer wartete, ein überraschtes Lächeln.

Ob sie nicht geglaubt hat, dass ich komme?, fragte Molle sich.

»Ich hol mir nur noch einen Kaffee, dann gehen wir ins Sprechzimmer. Willst du auch einen Kaffee?«

Molle nickte beklommen. Wieso war die Lehrerin auf einmal so freundlich?

»Mit Milch und Zucker?«

»Nur mit Milch. Bitte.« Molle konnte es kaum glauben: Die Lehrerin, die eben noch so biestig gewesen war, bot ihr einen Kaffee an! Was das nun wieder zu bedeuten hatte …

Dolly trug an diesem Frühsommertag ein pinkfarbenes Kostüm und darunter eine weiße Bluse, Perlenkette und Ohrringe. Sie sah aus, als wollte sie ins Theater gehen. Molle schlurfte in Bermudas, Tennissocken und Turnschuhen neben der eilig stöckelnden Lehrerin her. Ihre Haare standen wie immer wirr vom Kopf, sie hatte sich am rechten Unterarm einen Mückenstich aufgekratzt, sodass eine Blutkruste entstanden war, und als sie so an sich herunterschaute, fiel ihr auf, dass die Farbe des T-Shirts überhaupt nicht zu den Bermudas passte.

Aber die Lehrerin tat, als bemerke sie das alles gar nicht.

Fröhlich plaudernd balancierte sie das Tablett mit den beiden Kaffeetassen. Vor dem Sprechzimmer blieb sie stehen.

»Wenn du mal das Tablett halten würdest, dann kann ich aufschließen.«

Molle errötete. Ich hätte das Tablett gleich tragen müssen, dachte sie. Mal wieder typisch für mich. Die wichtigen Dinge fallen mir immer zu spät ein. Erwachsene legen auf so etwas riesigen Wert, Höflichkeit und so was …

»So. Hereinspaziert.« Dolly stieß die Tür auf. Molle stellte das Tablett auf dem runden Tisch ab, während Dolly das Fenster aufriss. »Stickig hier drin. Ich möchte bloß wissen, warum die Leute immer bei geschlossenen Fenstern konferieren. Sooo geheimnisvoll ist das nun wieder auch nicht, was hier gesprochen wird.« Sie setzte sich an den Tisch und machte eine einladende Bewegung; Molle nahm ihr gegenüber Platz.

»Du kannst dir doch sicherlich denken, warum ich mit dir sprechen will?«

Molle nickte. Beklommen starrte sie vor sich hin. Dolly rührte in ihrer Kaffeetasse und nahm vorsichtig einen ersten Schluck.

»Nun?«, fragte sie, als Molle immer noch nichts sagte.

Molle räusperte sich. »Ich denke mir … ich meine … ich weiß ja selbst, dass ich in Englisch ziemlich schwach bin.«

Dolly schaute sie aufmerksam an. »Schwach ist gar kein Ausdruck«, sagte sie sanft.

Molle erschrak. »So schlecht?«

»Sehr schlecht, Molle. Sehr schlecht. Ich mache mir große Sorgen. Ich mache mir schon eine Weile große Sorgen um deine Leistungen. Das weißt du ja. Ich habe es dir schon gesagt, als ich die letzten Klassenarbeiten zurückgegeben habe.«

Molle nickte. Sie konnte sich gut erinnern. »Noch so eine Arbeit, und dann steht in deinem Zeugnis nicht mehr eine Fünf minus«, hatte Dolly gesagt.

Molle schluckte hastig ihren Kaffee. »Ich streng mich an! Bestimmt! Ab sofort streng ich mich an.«

»Dafür ist es zu spät, Molle. Wir hatten gestern Zeugniskonferenz.«

Molle merkte, wie ihr ein kalter Schauer über den Rücken lief. Zeugniskonferenz!!!!

Dolly seufzte, während sie Molle nachdenklich betrachtete. »Es ist ein Jammer. Wirklich. Du bist kein bisschen weniger intelligent als die anderen in der Klasse. Nur viel fauler!«

Molle erwiderte nichts. Sie war wie gelähmt.

»Und außerdem bist du mit deinen Gedanken immerfort irgendwo anders. Warum macht dir die Schule keinen Spaß?«

Molle hob hilflos die Schultern. Was sollte sie darauf antworten? Weil die Lehrer den Unterricht so langweilig gestalteten? Das würde sie nicht beliebter machen. Besser, sie hielt gleich ganz den Mund.

»Es tut mir auch Leid wegen Peggy«, fuhr Dolly fort. »Ich weiß, dass ihr beiden gerne in der gleichen Klasse bleiben würdet, aber dann hättest du dich ein bisschen anstrengen müssen.«

Molle verschluckte sich beinahe. Ihre Augen waren tellergroß. »Heißt das … heißt das etwa … dass ich sitzen bleibe?«

Dolly beugte sich vor. Tröstend legte sie ihre Hand mit den perlmuttfarben lackierten Nägeln auf Molles Arm. »Das ist doch kein Weltuntergang, Molle. So viele Schüler haben schon ein Jahr wiederholt. Und nachher gehörten sie zu den Besten.«

Molle bekam kaum noch Luft. »Ich … ich … bleib wirklich sitzen …?«, fragte sie fassungslos. Sie konnte es einfach nicht glauben. Sie hatte zwar immer gewusst, dass sie schlecht in der Schule war, und ihre Eltern hatten immer entsprechende Bemerkungen gemacht, wenn sie Molles Zeugnis anschauten. Aber sitzen bleiben!

Das war der Wahnsinn … das war irgendwie nicht zu fassen … Dolly schaute Molle besorgt an. »Geht es dir nicht gut?«

Molle zitterte. »Ich weiß nicht.« Sie versuchte aufzustehen, aber ihre Beine waren wie Gummi. Schlaff ließ sie sich wieder auf den Stuhl zurücksinken.

»Ich würde gerne mit deinen Eltern darüber reden«, sagte Dolly, »und es ihnen erklären.«

Molle nickte. Sie hörte gar nicht richtig zu. Im Geist rechnete sie ihre Zensuren zusammen. Deutsch … Biologie … Geschichte … In den Fächern war ich doch gar nicht so schlecht … In den Fächern habe ich es doch meistens zu einer Drei gebracht. Oder wenigstens Drei minus … Sie hob den Kopf. »Nur wegen einer Fünf in Englisch bleibt man doch nicht sitzen.«

»Das stimmt. Aber ich fürchte, du wirst auch noch in Mathematik und in Physik eine Fünf bekommen. Das ist ja das Problem. Eine Vier in Englisch hätte dich gerettet. Aber ich kann dir beim besten Willen keine Vier geben, Molle. Das, was ich heute erlebt habe, hat mich bestätigt: Du bist weit hinter dem Wissensstand der anderen zurück. Eine Wiederholung der Klasse wird dir gut tun. Bestimmt.«

Molle warf der Lehrerin einen stummen Blick zu, dann stützte sie sich am Tisch auf und erhob sich. Mit unsicheren Schritten ging sie auf die Tür zu.

»Molle!«, rief die Lehrerin.

Aber Molle verließ grußlos das Sprechzimmer. Höflichkeit hin oder her. Sie konnte einfach nicht mehr.

Molle ging gar nicht erst in die Klasse zurück, obwohl sie laut Stundenplan noch zwei Stunden Chorsingen hatte. Früher hatte ihr das Chorsingen immer großen Spaß gemacht, aber seit sie einen neuen Musiklehrer hatten, der immer nur alte Choräle einstudierte statt mal einen der Gospelsongs, machte auch das nicht mehr viel Spaß. Sie schlich über die Seitentreppe zum Hinterausgang, holte ihr Rad aus dem Fahrradständer und fuhr nach Hause.

Der Wind blies ihr ins Gesicht und trocknete die Tränen.

Molle konnte sich nicht erinnern, wann sie sich zuletzt so schlecht gefühlt hatte.

Ich bleibe sitzen, dachte sie immer nur, ich bleibe sitzen. Sie konnte sich auf nichts anderes konzentrieren, es war schrecklich.

Beinahe hätte sie eine Weinbergschnecke überfahren, die gemächlich die Straße überquerte. Als sie um die Schnecke herumfuhr, schoss plötzlich aus einem Seitenweg ein Moped direkt auf sie zu. Im letzten Augenblick konnte der Fahrer bremsen. Molle kippte vor Schreck vom Fahrrad.

»Was passiert?«, rief der Mann erschrocken, während er seinen Sturzhelm vom Kopf riss und auf sie zurannte.

Molle schüttelte benommen den Kopf. »Alles in Ordnung.«

»Du hättest anhalten müssen«, sagte der Mopedfahrer, als er Molle auf die Beine half. »Ich hatte Vorfahrt.«

Molle nickte nur. Es war ihr vollkommen gleichgültig. Sie klopfte den Schmutz von ihren Knien. Ich bleibe sitzen, dachte sie nur, ich bleibe sitzen. Wenn das Mami und Daddy erfahren! O Himmel!

Der Mopedfahrer schaute sie besorgt an. »Du bist ja kreidebleich! Bist du sicher, dass alles in Ordnung ist? Hast du auch keinen Schock?«

Molle quälte sich ein Lächeln ab. »Nein, echt nicht. Alles in Ordnung.«

»Na denn …« Zögernd ging der Mopedfahrer zu seinem Fahrzeug zurück.

»Tut mir Leid wegen der Vorfahrt«, rief Molle ihm zu, als er schon wieder den Motor anließ. »Tut mir Leid.«

»Schon in Ordnung.« Der Mopedfahrer winkte und bog in die Landstraße ein.

Molle setzte ihren Weg zu Fuß fort. Sie schob das Fahrrad, sie war irgendwie nicht mehr in der Lage, aufzusteigen und die Pedale zu treten. Ihre Beine fühlten sich immer noch wie Gummi an.

Als sie in die Einfahrt des Süderhofs einbog, blieb sie stehen. Der Hof lag im hellen Sonnenlicht. Der alte Mercedes ihres

Vaters parkte vor der Scheune, in der die Tierklinik war. Die Wagentüren standen offen. Bestimmt ein Notfall, dachte Molle. Oft schon hatte sich ihr Vater noch im Laufen den Kittel angezogen. Manchmal ging es bei den Tieren, die eingeliefert wurden, um Sekunden, häufig ging es um Leben oder Tod. Aber Dr. Brendel war ein guter Tierarzt. Molle vertraute ihrem Vater grenzenlos. Sie wusste, wie viel Mühe er sich mit jedem einzelnen Tier machte, ob es nun ein Kanarienvogel oder ein Rennpferd war.

Heute jedoch schlug Molle einen weiten Bogen um die Klinik. Sie fürchtete sich davor, dass ihr Vater sie mit dem üblichen Satz: »Na, wie war's in der Schule?«, begrüßen würde …

Vor der Tür des Bauernhauses lag Anuschka ausgestreckt in der Sonne. Im Halbschlaf schnappte sie nach den Insekten, die ungeniert über ihr Gesicht krochen und ihre Ohren inspizierten.

Molle schob ihr Fahrrad dicht an ihren Pfoten vorbei.

»Wuff! Wau, wau!« Anuschka war mit einem Satz auf allen Beinen.

Als sie Molle erkannte, sprang sie jaulend vor Begeisterung an ihr hoch und tollte um sie herum.

Molle lehnte das Rad an den Brunnen. Sie bückte sich und umarmte Anuschka, als wolle sie sie schier erdrücken. »Ach, Anuschka, wenn du wüsstest, wie schlecht es mir geht!«

Anuschka winselte und fiepte und versuchte vor Freude, ihr mit der langen Zunge über das Gesicht zu lecken.

»Pfui, Anuschka! So was tut ein gut erzogener Hund nicht!« Streng schob Molle den Hund von sich weg.

Oben im Haus wurde eines der Dachfenster geöffnet.

Molles Mutter streckte ihren Kopf heraus. »Schon wieder zurück, Molle?«, rief sie überrascht. »Ich dachte, ihr kommt alle zusammen nach der siebten Stunde!«

»Ich hatte früher aus«, log Molle. Sie presste ihr Gesicht in Anuschkas Fell.

»Ach. Und Peggy?«

Molle fühlte sich bei einer Lüge ertappt. Sie wurde feuerrot. »Keine Ahnung«, rief sie. Und dann fügte sie schnell hinzu: »Ich geh mal zu Oma und frag, ob ich was helfen kann.«

Sonia Brendel lächelte. »Gute Idee.« Sie freute sich immer, wenn Molle sich bei den Großeltern nützlich machte. »Ich bin gerade bei einem schwierigen Kapitel, aber es ist schon der letzte Absatz!«, rief Molles Mutter, bevor sie das Fenster wieder zuschlug.

Obwohl sie sich eigentlich todelend fühlte, musste Molle unwillkürlich grinsen. Ihre Mutter war immer gerade bei einem schwierigen Kapitel. Das heißt, Molle konnte sich nicht erinnern, wann ihre Mutter mal ein Buch geschrieben hatte, das einfach war. Sonia Brendel schrieb Bücher über Kindererziehung und solche Sachen. Molles Vater behauptete zwar immer, dass sie von Kindererziehung nichts verstand, aber das war eine andere Sache …

Molle ging mit Anuschka auf die Tür des kleinen Fachwerkhauses zu, in dem die Großeltern wohnten. Sie trat in die Diele, ohne zu klingeln.

Sofort erhob sich im Wohnzimmer ein wildes Geschrei: »Na, du alter Penner! Was willst du hier? Noch 'ne Buddel? Kommt nicht infrage! Du bist schon sternhagelblau!«

»Halt den Mund, James Bond!«, rief Molle. »Ich bin's bloß!«

Einen Augenblick herrschte Stille.

Dann flötete eine Stimme: »Na, mein kleiner Liebling, gib Küsschen, du kleines Scheißerchen.«

Molle ging ins Wohnzimmer. Der Papagei James Bond hockte auf seiner Schaukel. Aufgeregt hüpfte er hin und her. Er schlug mit den Flügelspitzen und stieß kleine gurrende Lockrufe aus. »Ist ja gut, ich komme ja schon.«

Molle ging zu ihm und streckte die Hand aus. Sofort hüpfte der Papagei auf ihren Arm, dann auf die Schulter und schmiegte sich dicht an ihren Hals. Er sträubte seine weichen Halsfedern, senkte den Kopf und ließ sich von Molle kraulen.

Anuschka, die Molle gefolgt war, schaute beleidigt zu. Der Hund und der Papagei waren keine Freunde. Irgendwann musste es zwischen den beiden mal zu einer offenen Kriegserklärung gekommen sein, aber keiner hatte es beobachtet.

Mit eingekniffenem Schwanz trollte Anuschka sich davon und kroch unter die Eckbank in der Küche. James Bond gurrte zärtlich. Er liebte es, so am Hals und am Schnabel gekrault zu werden. Niemals wäre er auf die Idee gekommen zuzubeißen, obwohl er einen sehr scharfen gebogenen Schnabel hatte, mit dem er mit Leichtigkeit Haselnüsse knacken konnte.

»Liebling, gib Küsschen!«, flötete der Papagei. »Keiner da! Guten Tag! Hier Dr. Brendel! Ich komme sofort!« James Bond plapperte wahllos Sätze durcheinander, die er einmal gelernt hatte. Manchmal pfiff er auch das einzige Lied, das ihm einmal jemand beigebracht hatte: »Morgen kommt der Weihnachtsmann.« Im Hochsommer wirkte es immer irgendwie komisch, wenn James Bond im Apfelbaum saß, unter einem blauen Sommerhimmel, und ein Weihnachtslied trällerte. Die Singvögel jedenfalls flüchteten schlagartig aus dem Obstgarten, wenn der große Sänger auftauchte.

»Wo ist Oma?«, fragte Molle den Papagei.

James Bond hüpfte auf ihrem Arm hin und her. »Heute keine Sprechstunde!«, kreischte er. Molle glaubte, ihr Trommelfell würde platzen.

»Du Spinner«, sagte sie, »wenn du so schreist, musst du wieder auf deine Schaukel.« Sie trug ihn zu seinem Platz zurück. Aber James Bond wollte nicht. Er schrie und zeterte, bis Molle ihn wieder auf die Schulter setzte und mit ihm durch das Haus ging.

Sie entdeckte Oma Brendel im Schlafzimmer, beim Saubermachen.

»Hallo, Kleines«, sagte sie freundlich, als Molle mit dem Papagei in der Tür stand. »Hast du Opa gesehen? Er wollte einen Spaziergang machen. Er ist schon eine Weile weg.«

»Ich hab niemanden getroffen. Wohin wollte er denn gehen?«

»Keine Ahnung. Zum Fischteich, glaube ich.«

»Ich kann ihn ja holen, wenn du willst.« Molle drehte sich um, aber die Oma rief sie zurück.

»Lass dich mal anschauen, Mädchen«, sagte sie. Sie ließ das Federbett sinken und ging auf ihre Enkeltochter zu.

Molle mochte ihre Oma gern. Sehr gern sogar. Manchmal fragte sie sich, ob sie ihre Oma vielleicht sogar ein winziges bisschen lieber mochte als ihre Mutter. Obwohl das ja eigentlich gar nicht möglich war. Aber die Oma hatte immer so viel Zeit und so viel Verständnis für Molles Sorgen. Außerdem konnte die Oma die schönsten, köstlichsten Kuchen backen und überhaupt: Bei den Großeltern war es friedlicher als bei den Eltern. Kein ewiges Telefonklingeln, keine Hektik, nicht der Stress, den es in einem Tierarzthaushalt 24 Stunden am Tag gab.

Molle hob zaghaft den Blick. Als sie den besorgten Ausdruck im Gesicht von Oma Brendel bemerkte, lächelte sie tapfer.

»Irgendetwas ist passiert«, sagte die Oma nachdenklich.

Molle wich sofort ihrem forschenden Blick aus. »Alles in Ordnung«, sagte sie hastig. »Ich wollte nur mal Hallo sagen und fragen, ob ich was helfen kann.«

»Und die anderen?«, fragte Oma Brendel.

»Die sind noch in der Schule.«

»Ah.« Mehr sagte die Oma nicht. Aber irgendwie genügte das für Molle, um in Tränen auszubrechen. Schluchzend warf sie sich ihrer Oma an die Brust. »Omilein, ich bin so unglücklich …«, schluchzte sie. »So schrecklich unglücklich …«

Die Oma strich zärtlich über ihren Rücken. James Bond war vor Schreck aufgeflattert und schaukelte jetzt an der Deckenlampe. Es sah atemberaubend gefährlich aus, aber die beiden schauten überhaupt nicht hin.

»Was ist passiert, mein Kleines?«, fragte die Oma.

Molle schluchzte wieder. Auf einmal konnte sie die Tränen überhaupt nicht mehr zurückhalten. Wie ein Sturzbach quollen sie aus ihren Augen.

»Oma … ich weiß nicht, wie ich es Mami und Daddy sagen soll …«

»Was denn, Kleines?«

»Es ist alles so schrecklich … Ach …« Und wieder schluchzte sie laut auf.

»Was ist schrecklich, Kleines?«

Molle schluckte die Tränen herunter. Sie löste sich aus den Armen ihrer Oma, wischte mit dem Handrücken über das tränenverschmierte Gesicht und flüsterte: »Ich bleibe sitzen!«

Die Oma starrte sie an. Einen Augenblick war ihr Blick ganz fassungslos. Als könnte sie es nicht glauben.

Molle sah genau, wie ihre Großmutter blass wurde und dass ihre Kinnspitze zitterte, wie immer, wenn sie aufgeregt war.

Aber nach einer Sekunde hatte die Oma sich wieder gefasst. Sie lächelte sogar.

Sie strich Molle über das Haar. »Davon geht die Welt nicht unter, Kleines«, sagte sie tröstend.

Molle schluckte. Noch ein Schluchzer entfuhr ihr. »Es ist einfach so schrecklich!«, wisperte sie.

»Ach was, schrecklich ist ganz was anderes. Ich bin eine alte Frau, Molle, ich habe in meinem Leben viel Schreckliches gesehen. Aber wenn einer die Klasse wiederholen muss: Das ist nichts Schreckliches. Da hat er bloß selber Schuld.«

Molle suchte in der Rocktasche ihrer Oma nach einem Taschentuch und schnäuzte sich.

»Du warst faul. Du hattest keine Lust zu den Schularbeiten. Das ist die ganze Geschichte. Und jetzt kriegst du die Quittung. Mehr ist das nicht. Jeder muss die Suppe selbst auslöffeln, die er sich eingebrockt hat, aber die Welt geht von so was bestimmt nicht unter.« Sie gab Molle einen aufmunternden Klaps. »Komm, wir gehen runter in die Küche und machen uns eine heiße Schokolade. Heiße Schokolade kann so schön trösten. Und dann erzählst du mir alles, ja?«

Molle nickte. Sie konnte immer noch nicht richtig denken. Und schon gar nicht richtig sprechen.

Aber es war wunderbar, dass die Oma da war.

2. Kapitel

Mittags saßen sie alle um den alten Holztisch in der Küche. Die obere Hälfte der Klöntür stand offen und das Sonnenlicht flutete herein.

Es gab Nudelauflauf mit Schinken, eines von Molles Lieblingsgerichten. Die Nachricht aus der Schule hatte ihr jedenfalls nicht den Appetit verschlagen. Sie saß über ihren Teller gebeugt und mampfte und hörte zu, wie die anderen sich unterhielten.

Dany regte sich schrecklich über eine ungerechte Zensur seiner Mathehausarbeiten auf. Bimbo gab einen Witz zum Besten, den sie in der Pause aufgeschnappt hatte; und Ben krähte unaufhörlich fröhlich dazwischen, ohne sich darum zu kümmern, dass die anderen ihm strenge Blicke zuwarfen.

»Ich habe noch einen tollen Ostfriesenwitz auf Lager«, sagte Bimbo, sich in der Runde umschauend. »Wollt ihr den hören?«

»Immer.« Dany goss sich frische Milch aus dem Krug ein.

»Also ...«

Ben unterbrach sie. »Was ist ein Ostfriesenwitz?«

»Ein Witz über Ostfriesen, was sonst«, knurrte Peggy. »Sei ruhig und hör zu.«

»Also, zwei Ostfriesen treffen sich im Planetarium.«

»Was ist ein Plane... Planedingsda?«, schrie Ben. Er schlug mit der Gabel auf den Tisch. »Das ist gemein, wenn ihr immer Sachen sagt, die ich nicht verstehe.«

»Erstens heißt es nicht Planedingsda, sondern Planetarium, und zweitens ist das so ein Ort, wo man die Sterne beobachten kann.«

Bimbo begann von neuem. »Also, zwei Ostfriesen besuchen ein Planetarium und da sagt der eine zum anderen... haben Sie schon mal durch ein Stethoskop geguckt? Nee, sagte der andere...«

Ben rutschte von seinem Stuhl. Er rannte um den Tisch herum zu Bimbo und trommelte wütend mit seinen kleinen Fäusten auf ihren Rücken. »Warte! Warte! Ich verstehe das nicht! Was ist das für ein komisches Ding, das Stethos...«

Bimbo holte tief Luft. Flehend schaute sie ihre Mutter an, die gerade mit einer Schüssel Pflaumenkompott aus der Speisekammer kam.

»Sag mal, Mami, kannst du deine Kindererziehungsmethode nicht mal auf dem Süderhof anwenden? Der Knabe nervt. Mach ihm klar, dass er die Großen nicht ewig unterbrechen soll.«

Sonia Brendel stellte die Glasschüssel auf den Tisch. Dann nahm sie Ben auf den Schoß. »Ben, lass die anderen sich doch mal eine Geschichte erzählen.«

»Aber ich versteh sie nicht!«, maulte Ben.

»Ist doch nicht schlimm. Wahrscheinlich ist der Witz sowieso ganz blöd.« Dany zwinkerte Bimbo zu. »Bimbo kann nämlich überhaupt keine guten Witze erzählen. Entweder lacht sie sich selber zuvor halb tot oder sie hat die Pointe vergessen.«

Bimbo wurde rot. »Warte!«, rief sie, warf den Stuhl um und raste hinter Dany her, der aus der Küche flitzte, über die blank gebohnerten Fliesen der Diele schlitterte und im nächsten Augenblick auf und davon war.

Sonia Brendel seufzte. »Womit habe ich das verdient. In anderen Familien geht es so gesittet und friedlich während des Essens zu.«

Ben kuschelte sich in ihren Schoß. »Die Großen sind blöd«, sagte er.

Peggy sammelte die Teller ein und verteilte kleine Schüsselchen. »Wer will alles Pflaumenkompott?«

»Ich«, sagte Molle.

Peggy schaute sie überrascht an. »Ach nee, Manuela Brendel kriegt heute auch noch mal den Mund auf. Ich dachte, sie wäre endgültig verstummt.«

Sie füllte das Kompottschälchen und schob es Molle rüber. »Was war übrigens heute mit Dolly? Was wollte sie von dir? Ich habe dich nachher gesucht. Und im Chor auf dich gewartet…«

O Himmel, dachte Molle. Jetzt geht es los.

»Ist etwas nicht in Ordnung, Molle?«, fragte ihre Mutter argwöhnisch. »Ich hatte vorhin schon so ein komisches Gefühl…«

»Du bist einfach abgehauen.« Peggy grinste. »Nicht, dass du etwas versäumt hast im Chor, aber…«

»Nichts ist los. Überhaupt nichts.« Molle hatte plötzlich keine Lust mehr, das Kompott zu essen. Sie schob die Schüssel von sich weg und stand auf. »Und wenn etwas wäre, würde ich es nicht sagen.«

»Molle!« Das war die Stimme ihrer Mutter.

Molle blieb stehen und sah sich trotzig um. »Ja?«

»Was ist los?«

»Nichts. Hast du doch gehört. Nichts, wirklich nichts. Und jetzt lasst mich bitte in Ruhe.« Molle knallte die Tür hinter sich zu. Sie stieg die Treppe zu ihrem Zimmer hinauf, warf sich aufs Bett und starrte mit aufgerissenen Augen gegen die Zimmerdecke.

Es war klar, dass sie irgendwann mit ihren Eltern darüber reden musste.

Irgendwann.

Aber nicht heute, dachte sie. Heute muss ich das selbst erst mal verdauen.

Wenig später hörte sie das Geklapper von Pferdehufen auf dem Hof. Und dann Bimbos fröhliche Stimme. »Ich mach mit Klärchen eine kleine Tour«, rief sie.

»In Ordnung.« Das war die Stimme ihres Vaters.

Klärchen wieherte leise, und dann hörte Molle, wie ihr Vater auf das Haus zuging.

Bimbo trabte vom Hof und Anuschka raste jaulend und japsend hinterher.

Molle schloss die Augen. Die haben es gut, dachte sie. Alle haben es so gut. Bloß ich …

Warum, dachte sie, ist die Welt bloß so verdammt ungerecht?

Aber auf diese Frage hat noch nie einer eine gute Antwort bekommen …

»Was ist mit dir los, altes Mädchen?« Bimbo tätschelte Klärchens Hals. »Keine Lust zu einer kleinen Galopptour über die Deichwiesen? Das macht dir doch sonst immer so viel Spaß.«

Klärchen spielte mit den Ohren und schnaubte, aber sie war zu nichts zu bewegen. Bimbo stellte sich in die Steigbügel, presste die Schenkel ganz fest an Klärchens dicken Bauch und flüsterte ihr aufmunternde Sachen ins Ohr: »He … altes Mädchen … jetzt sausen wir wie der Wind …!«

Früher war Klärchen bei solchen Sätzen geradezu jauchzend losgestürmt. Das arabische Blut in den Adern des Ponys machte sich immer dann bemerkbar. Geschwindigkeit berauschte Klärchen. Ihre Mähne flog, die Nüstern blähten sich und der schöne glänzende, buschige Schweif flatterte wie eine Fahne hinter Ross und Reiter her.

Ah, Bimbo liebte diese Nachmittage auf dem Pferderücken, wenn sie ganz allein war; nichts außer Klärchen und Bimbo zwischen Himmel und Erde, links das Meer und rechts die satten grünen Wiesen, von denen die Schafe stumm herüberglotzten, wenn sie schnell wie die Wilde Jagd vorbeisausten.

Aber heute trabte Klärchen nur schlapp wie ein alter Gaul; manchmal sah es aus, als würde sie über ihre eigenen Hufe stolpern. Immer wieder verlangsamte sie ihren Schritt, und Bimbo merkte, wie sie tief aus dem Bauch heraus Luft holte. Auch die Trense war ihr lästig. Sie versuchte, sie abzuschütteln und sich gegen die Zügel zu wehren.

»Du bist heute aber ein komisches Pferd«, sagte Bimbo. »Aber gut. Wenn du willst: Dann machen wir eben einen Großmutterritt. Scherrrittt...« Sie zügelte das Pferd, bis sie in einen Schneckentempo-Schritt verfielen. Da hätten wir ja auch Sibylle mitnehmen können, dachte Bimbo amüsiert. Sibylle war die Schildkröte, die im Gemüsegarten des Süderhofes ein sattes, ruhiges Leben führte. Klärchen schien ganz zufrieden, sie schnaubte erleichtert und sah sich nach den Fischreihern um, die neben ihnen durch die sumpfigen Wiesen hüpften. Dann senkte sie den Kopf und begann, im Gehen Grashalme abzurupfen und darauf herumzukauen. Die grüne Soße tropfte aus ihrem Maul.

Bimbo brachte Klärchen zum Stehen und sprang ab.

»Also, altes Mädchen, das geht nun wirklich zu weit!«, schimpfte sie, während sie die langen Halme aus dem Gebiss herauszog. »Wenn du Hunger hast, kannst du von mir aus grasen.« Sie streifte Zügel und Trense über den Kopf und blieb abwartend stehen. Klärchen hatte das noch nie getan. Vor allen Dingen nicht, wenn sie, wie heute, einen Sattel trug.

»Warte, ich mach dir den Sattelgurt loser«, sagte Bimbo. Als sie den Gurt anfasste, merkte sie, dass er schon auf dem letzten Loch war. Verblüfft murmelte sie: »Seit wann hast du denn so einen dicken Bauch? Voll gepumpt mit Luft, was? Also gut, dann nehmen wir den Sattel eine Weile runter.«

Klärchen schnaubte zufrieden und rieb ihre Nüstern zärtlich an Bimbos Armen. Dann warf sie den Kopf zurück und wieherte.

Bimbo lächelte. »Du kriegst wirklich immer deinen Willen. Es ist nicht zu fassen. Aus dir wäre eben doch nie ein anständiges Dressurpferd geworden.«

Früher hatte Bimbo einmal davon geträumt, mit Klärchen auf Turniere zu gehen. Sie hatte ihren Vater oft auf Reitturniere in der Umgebung begleitet und die anderen Mädchen beneidet, wenn sie in ihren hellen Reithosen, dem schwarzen Sakko und einer feschen Reitkappe in das Dressurviereck einritten. Da will ich später auch dabei sein, hatte sie gedacht. Aber da war sie neun oder zehn, und als sie zwölf Jahre alt war, fand sie es viel schöner, ohne Sattel und manchmal sogar nur mit einem Halfter auf Klärchens Rücken über den Strand zu galoppieren und das tolle Gefühl von Freiheit zu genießen.

Bimbo ließ sich mitsamt Sattel und Trense ins Gras fallen. Sie streckte die Beine aus und rupfte vom Sauerampfer ein frisches Blättchen, das sie zufrieden zwischen den Zähnen zermalmte. Dabei schaute sie Klärchen zu, die wählerisch ihr Maul in das satte frische Wiesengrün steckte, um dann, ganz behutsam, ein Löwenzahnblatt herauszuziehen.

»Du liebst Löwenzahn, ich Sauerampfer«, sagte Bimbo lachend. »Wer ist eigentlich das richtige Pferd? Wahrscheinlich war ich in meinem früheren Leben auch mal ein Pferd, deshalb verstehen wir uns so gut.«

Klärchen hörte nicht zu. Sie strolchte in einem Umkreis von zehn Metern um Bimbos Liegeplatz herum.

Anuschka war wie üblich auf halbem Wege umgekehrt. Sie konnte sich nie entschließen, was sie machen sollte. Wenn sie Bimbo auf einem Ausritt begleitete, hatte sie immer Angst, dass sie auf dem Süderhof etwas verpasste …

Klärchen kam schnaubend zu Bimbo zurück und stieß sie sanft mit den Nüstern an. »Soll's weitergehen?« Bimbo sprang auf. Gehorsam ließ Klärchen sich den Sattel auflegen, aber als Bimbo den Gurt festziehen wollte, schlug Klärchen mit den Hinterhufen aus.

»He!«, rief Bimbo ärgerlich. »Was soll das denn?«

Bimbo zog den Gurt straff. Klärchen drehte den Hals herum und versuchte, Bimbo in den Rücken zu beißen. Erschrocken sprang Bimbo einen Schritt zurück. Sie starrte Klärchen fassungslos an. »Bei dir ist wohl eine Schraube locker! Wolltest du mich eben etwa beißen?«

Klärchen wieherte leise.

»Soll das die Entschuldigung sein?« Bimbo schaute Klärchen in die Augen. Die Augen hatten nach wie vor diesen sanften, freundlichen Schimmer, und es sah wirklich aus, als ob Klärchen die Sache Leid täte.

»Okay, altes Mädchen, Freundschaft wie immer.« Als Bimbo sich in den Sattel schwang, war es ihr, als stoße Klärchen ein leichtes Stöhnen aus. Ein merkwürdiges Geräusch, das sie noch nie gehört hatte.

Bimbo bekam es auf einmal mit der Angst. Sie beugte sich vor und legte Klärchen ihre Arme um den Hals. »Bist du krank, Mädchen?«, flüsterte sie ängstlich. »Geht es dir nicht gut?«

Klärchen reagierte nur mit einem Wackeln der Ohrenspitzen.

»Okay. Wir gehen ganz langsam nach Hause. Schritt für Schritt. Keine Eile, hörst du? Überhaupt keine Eile.«

Und so trotteten sie gemächlich nach Hause. Bimbo stellte voller Schrecken fest, dass sich leichter Schweiß an Klärchens Hinterflanken bildete. Normalerweise schwitzte die Stute nie, nicht einmal, wenn sie zehn Kilometer galoppiert war. Aber wieso schwitzte sie jetzt, bei diesem langsamen Ritt?

Bimbo machte sich so leicht wie möglich. Sie ließ die Zügel fast vollständig durchhängen. Klärchen kannte den Heimweg sowieso im Schlaf.

Als sie den Hof erreichten, wurden Bimbo und Klärchen von Peggy und Ben empfangen, die gerade dem Schaf ein neues Kunststück beibringen wollten.

Ben rannte kichernd auf Bimbo und Klärchen zu. Er klatschte dabei vor Begeisterung in die Hände.

»Bimbo, Rosi hat es geschafft! Sie hat es geschafft!«

»Was denn?« Bimbo ließ sich aus dem Sattel gleiten und nahm Klärchen, die stumm und apathisch stehen blieb, die Trense ab. Die Kunststücke eines kleinen weißen Schäfchens interessierten sie im Augenblick wirklich wenig.

»Rosi kann schon bis drei zählen! Zweimal hat sie es richtig gemacht. Soll ich es dir zeigen?«

»Später, Kleiner, später.« Bimbo nahm Klärchen den Sattel ab. Unter der Satteldecke war das Fell ganz nass geschwitzt. Besorgt schaute Bimbo die Stute an.

»Ich mach es dir vor! Komm! Komm, Bimbo, schau es dir an!« Ben zerrte Bimbo mit sich fort. Widerstrebend folgte sie ihm.

Peggy grinste. »Rosi ist das neue Mathegenie auf dem Süderhof.«

»Kann sie wirklich bis drei zählen?«, fragte Bimbo, während sie sich besorgt nach Klärchen umschaute, die sich nicht vom Fleck rührte.

»Ich zeig es dir! Ich zeig es dir!« Ben tanzte um die Mädchen herum. Vor Begeisterung hatte er einen hochroten Kopf. Er fasste Rosi an ihrem roten Halsband und sagte: »Pass auf! Rosi!« Das Schaf schaute Ben gutmütig an.

Ben räusperte sich. »Rosi, wie viel ist zwei und eins?« Dabei hielt er an der rechten Hand den Zeigefinger hoch und an der linken Hand den Zeige- und den Mittelfinger. Damit wedelte er vor Rosis Gesicht.

Peggy und Bimbo mussten grinsen.

Das Schaf schaute auf Ben, dann schüttelte es bockig den Kopf.

Ben packte es fester. »Rosi! Wie viel ist zwei und eins?«

Rosi hob den Kopf und machte laut und vernehmlich: »Mäh … mäh … mäh!«

Wild vor Begeisterung warf Ben sich auf sein Schaf und wälzte sich mit ihm auf dem Boden, bis beide von Sand und Schmutz die gleiche Farbe hatten.

»Sie hat es getan! Sie hat es getan!«, schrie Ben, außer sich vor Freude. Er küsste das Schaf. »Du kannst zählen! Du kannst wirklich zählen! Du bist super, Schäfchen!«

Bimbo zog Peggy mit sich fort. »Peggy, ich glaube, Klärchen ist krank. Schau sie dir mal an.«

»Krank?« Erschrocken drehte Peggy sich nach der Stute um, die teilnahmslos, mit hängendem Kopf, mitten auf dem Hofplatz stand und sich nicht einmal darum kümmerte, dass die Fliegen sich in ihren Augenwinkeln niedergelassen hatten. Normalerweise machte Klärchen so etwas ganz verrückt.

»Was hat sie?«, rief Peggy entsetzt.

»Ich weiß nicht. Ich hab wirklich keine Ahnung. Gestern war sie noch kerngesund. Ist Daddy da?«

Peggy schüttelte verzweifelt den Kopf. »Vor zehn Minuten weggefahren. Zur Seehundstation. Sie haben wieder einen halb toten Seehund am Strand gefunden.«

Bimbo nickte abwesend. Der Seehund interessierte sie in diesem Augenblick auch nicht. Sie dachte nur an ihre Stute. »Hat er gesagt, wann er zurückkommt?«

»Zufällig ja. Ben und ich standen gerade hier im Hof herum, als er ins Auto stieg. Ich hatte zuerst überlegt, ob ich mitfahren sollte, aber Ben wollte ja unbedingt das Kunststück mit dem Schaf üben.«

»Mach schon, wann kommt er zurück?«

»Er hat gesagt, spätestens in einer Stunde ist er wieder da.«

Bimbo schaute auf die Uhr. »Also halb fünf.« Sie seufzte. »Hoffentlich ist er pünktlich!«

Dr. Brendels alter Mercedes war kaum in den Hofplatz eingebogen, als er von den Kindern richtiggehend gestürmt wurde. Bimbo klammerte sich an dem Türgriff fest und rannte neben dem Auto her. »Daddy! Schnell! Klärchen ist krank!«, keuchte sie.

Dany schwang sich auf den Kühler und dirigierte den Wagen gleich zur Scheune, in dem die Pferdeboxen waren.

Peggy ließ die Möhren fallen, die sie eben aus der Küche »besorgt« hatte, und rannte vor, um die Stalltür zu öffnen.

Molle und Ben fehlten. Aber das merkte in der Aufregung keiner. Ben hielt wahrscheinlich noch einen Nachmittagsschlaf. Seit seiner Grippe neulich war er noch ein bisschen schlapp und kroch ganz ohne Ermahnungen von selbst ins Bett. Dann schlief er, den Daumen im Mund und den Teddy im Arm, tief und traumlos.

Endlich kam der Mercedes zum Stehen. »Seid ihr lebensmüde?«, schimpfte Dr. Brendel. »Ich hätte euch glatt überfahren können.«

Dany schüttelte den Kopf. »Der Mercedes hat Superbremsen.«

»Woher weißt du das?«

Dany wurde feuerrot. »Ach … äh … nur so … das heißt, ein Mercedes hat doch immer Superbremsen.«

Er wollte lieber nicht zugeben, dass er mit dem Pferdepfleger Kalle zusammen schon ein paarmal eine Runde um den Hof gedreht hatte. Dany träumte davon, bald seinen Führerschein zu machen. Er hatte gehört, dass es in der Landwirtschaft manchmal Ausnahmefälle gab. Aber eine richtige Landwirtschaft hatte der Süderhof ja eigentlich nicht zu bieten. Immerhin, Traktor fahren konnte er schon. Und ein Mercedes war schließlich nicht sooo anders als ein Traktor …

»Also? Was ist mit der Stute?« Dr. Brendel sah die drei fragend an.

Peggy beeilte sich, die Möhren wieder aufzusammeln. »Sie frisst nichts! Nicht einmal Wasser will sie saufen!«, rief sie.

»Sie ist einfach schlapp. Und schwitzt bei jeder Kleinigkeit«, fügte Bimbo besorgt zu.

Dr. Brendel lächelte amüsiert. »Und was ist für dich eine Kleinigkeit? Ein Galoppritt von 20 Kilometern?«

»Quatsch, Daddy.«

»Du sollst nicht immer Quatsch sagen.«

»Also gut, Blödsinn, Daddy. Ich bin ja nur im Schritttempo geritten, weil Klärchen nicht einmal herumtraben wollte.«

»Sie sieht wirklich richtig krank aus, Onkel Günter«, meinte Dany. Er stieß die Stalltür auf und ging durch die Stallgasse zu Klärchens Box. Er öffnete die obere Hälfte der Boxentür und schaute hinein.

»Jetzt hat sie sich hingelegt!«, rief er.

Dr. Brendel folgte Bimbo und Peggy, die zur Box stürzten.

»O Daddy!«, schluchzte Bimbo. »Ich glaube, sie stirbt!«

»Sie hat die Augen ganz verdreht!«, wisperte Peggy. Sie war vor Schreck kreidebleich geworden. Angstvoll blickten die Kinder Dr. Brendel an, als er den Riegel der Box zurückschob und sich der Stute näherte.

»Tatsächlich«, murmelte er. »Sie hat sich hingelegt. Merkwürdig … Das tut sie sonst fast nie.«

Pferde, das hatten die Kinder schon gelernt, legten sich ziemlich selten hin. Schlafen können sie im Stehen, weil ihre Gelenke eine Art Scharnier haben, das einfach einrastet und dafür sorgt, dass sie im Schlaf nicht umkippen.

Pferde sind Fluchttiere, hatte Dr. Brendel erklärt, die schlafen nie im Liegen, weil ihr Instinkt ihnen sagt, dass sie in jedem Augenblick abhauen können müssen.

Manchmal wenn die Pferde auf die Koppel gelassen wurden, legten sie sich hin, um sich in dem feuchten Gras herumzuwälzen oder ihren Rücken auf dem Boden zu scheuern. Das machte ihnen Spaß, aber schon nach wenigen Augenblicken richteten sie sich wieder auf und stellten sich auf alle vier Beine.

Klärchen lag, mit dem Kopf zur Wand, flach auf der Seite. Sie atmete schwer.

Als der Doktor in die Box trat, hob sie ein wenig den Kopf und verdrehte die Augen.

»Na, altes Mädchen, was machst du uns denn für einen Kummer«, sagte der Doktor, während er Klärchens Kruppe tätschelte und sich dann neben ihr niederkniete. Er schob die Augenlider zurück und betrachtete aufmerksam die Bindehäute.

»Was ist, Daddy?«, flüsterte Bimbo. Sie hatte vor Angst einen ganz trockenen Hals.

»Mhmh«, machte der Doktor nur. Dann schob er die Lefzen von den Zähnen zurück und betrachtete das Zahnfleisch. Es sah sehr weiß aus, fand Peggy. Irgendwie anders als sonst.

»Mhmh«, machte der Doktor. Dann legte er seine Hand zwischen ihre Vorderbeine. Klärchen rührte sich nicht. Sie lag ganz ruhig, nur mit dem Schweifende vertrieb sie ein paar lästige Fliegen, die sie nicht in Ruhe ließen. Sie atmete unregelmäßig.

Der Doktor hob den Kopf. Er schaute Peggy an. »Hol mal mein Stethoskop aus dem Auto.«

»Bin schon weg.« Peggy raste los.

Nach wenigen Sekunden war sie wieder da. Der Doktor horchte den Pferdebauch ab. Erst die Lungen. Sein Gesicht war dabei konzentriert, aber auch irgendwie ausdruckslos. Vergeblich versuchten die Kinder, aus seiner Mimik irgendetwas herauszulesen.

Das Stethoskop wanderte weiter den Bauch entlang. Verharrte, wanderte weiter. Nach einer langen Weile rollte der Doktor das Stethoskop zusammen, tätschelte den Hals der Stute und stand auf. Er streckte sich, als wenn er Rückenschmerzen hätte.

»Was ist los, Daddy, warum sagst du nichts?«, rief Bimbo ängstlich. »Ist sie sehr krank?«

Der Doktor schüttelte den Kopf. Er schaute die Stute nachdenklich und auch ein bisschen verwundert an. »Eine Krankheit kann man das eigentlich nicht nennen … Obwohl ich mich frage …«

»Was? Was fragst du dich?«, drängte Dany.

»Ich frage mich, wie das passiert ist. Es will mir nicht in den Kopf, dass die Stute hier sozusagen unter unseren Augen …« Er schüttelte den Kopf. »Ich müsste herausfinden, wann zu der Zeit ein Hengst …«

Bimbo starrte ihren Vater an. »Sagst du uns jetzt endlich, was los ist? Sonst holen wir einen anderen Tierarzt!«

Dr. Brendel lachte amüsiert. »Einen anderen Tierarzt könnt ihr euch doch gar nicht leisten. Dafür reicht euer Taschengeld nicht. Ich sag euch schon, was los ist. Ich bin nur selber so überrascht, dass …«

Bimbo seufzte. »Daddy, du bist eine echte Nervensäge! Rück endlich mit der Sprache raus!« Immer wieder warfen die Kinder einen besorgten Blick über die Boxentür. Die Stute lag weiter ruhig auf der Seite.

»Also.« Dr. Brendel breitete hilflos die Arme aus. »Ich muss euch ein Geständnis machen: Sozusagen hinter meinem Rücken hat Klärchen sich einen Streich erlaubt.«

»Hinter deinem Rücken?«, schrie Bimbo. »Was heißt das?«

»Was denn für einen Streich?«, fragte Dany.

»Die Stute ist trächtig.« Dr. Brendel fuhr sich mit der Hand durch die Haare. »Ich weiß bloß nicht, wie sie es angestellt hat.«

Bimbo stieß einen spitzen Schrei aus. »Du meinst, Klärchen bekommt ein Fohlen? Klärchen wird Mama?«

»Genau, das meine ich.« Der Doktor lächelte schwach. »Und zwar, wenn mich meine tierärztlichen Fähigkeiten nicht vollkommen täuschen, noch in diesem Monat.«

»Wahnsinn!«, juchzte Dany. »Das ist ja der helle Wahnsinn! Wir kriegen ein Fohlen!«

»Wir nicht!« Dr. Brendel grinste. »Das Fohlen kriegt Klärchen ganz alleine. Wir können dabei höchstens ein bisschen helfen.«

Bimbo juchzte. »Hurra! Wir kriegen ein Fohlen!« Sie machte einen Luftsprung und fiel ihrem Vater um den Hals. Sie gab ihm einen kräftigen Schmatz. »Daddy, das ist das Größte, was mir je passiert ist.«

»Mir auch, Schätzchen, mir auch«, murmelte der Doktor.

»Du hast das tatsächlich nicht gewusst, Daddy?« Bimbo sah ihren Vater ungläubig an. »Du weißt doch sonst immer alles. Und wenn eine Stute trächtig ist, weißt du das doch.«

»Richtig, Kinder. Ihr dürft mich ab sofort den schlechtesten Tierarzt Deutschlands nennen. Ich hatte wirklich keine Ahnung...«

Er runzelte nachdenklich die Stirn. »Das heißt... mir fällt gerade ein... wir hatten doch einmal diesen kleinen verrückten Hengst da... wie hieß er noch... Er hatte so einen merkwürdigen Namen, den man eigentlich ganz gut behält...«

Bimbo las ihrem Vater jedes Wort von den Lippen ab. »Du meinst den Rappen mit der weißen Mähne und dem weißen Schweif? Den verrückten, der auf drei Beinen Bocksprünge gemacht hat?«

»Genau den.«

Jetzt konnten sich auch die anderen an den kleinen verrückten Hengst erinnern. Er hatte sich eine Sehne durchgeschnitten und sein Vorderbein war vom Doktor genäht und dann in Gips gelegt worden.

Weil der Hengst im Stall einen großen Wirbel veranstaltet hatte, wurde er schon in der zweiten Nacht auf die Koppel gelassen. Auf der Koppel war er merkwürdigerweise ganz ruhig, und deshalb hatte Dr. Brendel auch nichts dagegen gehabt, dass am vierten Tag die Stute mit auf die Koppel gelassen wurde …

»Ich weiß, wie er hieß!«, schrie Peggy plötzlich. »Chaka!«

»Genau!« Der Doktor strahlte. »Chaka!« Er machte eine anerkennende Miene. »Nicht der schlechteste der Väter, würde ich sagen.« Er wandte sich an die Stute. »Du hast keinen schlechten Geschmack, altes Mädchen. Herzlichen Glückwunsch.«

»Ich kann es immer noch nicht fassen!« Bimbo drehte sich wie ein Kreisel in der Stallgasse und wirbelte die Streu und die Haferreste vom Boden auf. »Wir kriegen ein Fohlen!«

Plötzlich hielt sie mitten in der Bewegung inne. Sie schaute ihren Vater ängstlich an. »Kann es Probleme geben, Daddy?«

»Bei jeder Geburt kann es Probleme geben«, erwiderte der Doktor. »Aber es kann auch ganz leicht gehen. Chaka war ja ein kleiner Hengst, also müssen wir nicht befürchten, dass das Fohlen zu groß für die Stute ist. Denn immerhin hat sie die Größe eines Ponys.«

»Das stimmt nicht!«, rief Peggy empört. »Sie ist viel größer als ein normales Pony.«

Der Doktor lächelte. »Aber viel kleiner als ein normales Pferd … na, sagen wir mal, sie ist ungefähr so groß wie ein echter Araber. Ungefähr so groß …«

»Klar … Ihr Großvater war ja Araber.«

»Und Chaka ist, soweit ich mich erinnere, auch ein reiner Vollblüter.« Der Doktor grinste. »Das kann ein heißblütiges Fohlen werden. Ein Temperamentsbolzen. Da können wir uns auf etwas gefasst machen.« Er schaute auf die Uhr. »Also bleibt ihr ein bisschen bei der Stute. Ich erledige einige Telefonate und dann wollen wir Klärchen eingehend untersuchen.«

Als der Doktor gegangen war, starrten die Kinder sich an. Sie waren wirklich fassungslos.

»Mit allem hätte ich gerechnet, aber nicht mit so was«, sagte Bimbo schließlich. »Das ist ja wie Ostern und Weihnachten auf einen Tag.«

»Und Hochzeit und Kindtaufe dazu«, meinte Peggy grinsend.

»Mit einem Wort«, sagte Dany, »es ist der helle Wahnsinn.«

3. Kapitel

Bimbo schlich vorsichtig in Klärchens Box zurück. Sie bückte sich und streichelte ganz zärtlich Klärchens Kopf. Klärchen prustete ein bisschen durch die Nüstern, gab aber sonst kein Zeichen, dass sie Bimbo erkannte. Nur ihre Ohren bewegten sich wie immer.

»Meine gute Alte«, flüsterte Bimbo überwältigt. »Kennst du schon die Neuigkeit? Du bekommst ein Fohlen!« Behutsam zog sie eine Klette aus Klärchens Mähne.

»Aber klar, du weißt das schon, du weißt das schon lange. Du bist ja nicht blöd... spürst du was in deinem Bauch?« Sie kam mit ihrem Gesicht ganz nah an Klärchens Kopf und schaute ihr in die Augen.

Klärchens große, sanfte Augen zeigten keine Reaktion.

»Ob das Fohlen sich schon bewegt?«, fragte Peggy plötzlich. »Ob man schon was spürt?«

»Warte. Ich horch mal.«

Bimbo legte sich flach ins Stroh und bettete ihren Kopf auf Klärchens Bauch. Sie schloss die Augen, um sich besser zu konzentrieren.

»Was hörst du?«, fragte Dany ungeduldig.

»Nichts. Oder doch. So ein Rumpeln und Kullern.«

»Das ist nicht das Baby. Das ist der Darm«, sagte Dany fachmännisch. »Bei mir rumpelt und kullert das manchmal auch und ich krieg bestimmt kein Fohlen. Du musst deinen Kopf höher legen.«

Folgsam rutschte Bimbo ein Stückchen höher. Sie lauschte. Peggy und Dany warteten atemlos. »Und?«

Bimbo öffnete die Augen. »Ich glaube, ich hab's gehört!«, flüsterte sie ehrfürchtig. »Ich glaube wirklich, ich hab so ein Herzklopfen gehört.«

»Lass mich mal, ich will das auch hören.« Peggy drängte Bimbo zur Seite und legte sich zwischen die Pferdebeine.

»Wenn sie jetzt ausschlägt«, stellte Dany trocken fest, »dann siehst du aus wie ein Punchingball.«

Peggy sprang sofort wieder auf. Vor den harten Tritten der Pferdehufe hatte sie unheimlich Respekt. »Danke«, sagte Dany grinsend.

»Wofür?«

»Dass du mir Platz gemacht hast.« Dany legte sich genüsslich ins Stroh.

»Du musst hier horchen.« Peggy zeigte auf eine Stelle. »Hier ist irgendwas. Da bewegt sich was und kullert herum.«

Peggy schaute den beiden eine Weile zu. Dann sagte sie verblüfft: »Sagt mal, wo ist Molle eigentlich?«

»Woher soll ich das wissen?«, murmelte Bimbo, immer noch ganz vertieft in Klärchens Bauchgeräusche.

»Ich habe sie seit dem Mittagessen nicht gesehen.« Dany pustete einen Strohhalm weg, der seine Nase kitzelte. »Wahrscheinlich hört sie wieder ihre Lieblingskassetten.«

»Aber findet ihr nicht auch, dass Molle die Neuigkeit erfahren sollte?«, fragte Peggy empört. »Findet ihr nicht, dass wir es ihr sagen sollten?«

»Ich renn doch meiner Schwester nicht hinterher«, meinte Bimbo ungerührt. »Sie hat selber Schuld, wenn sie immer da ist, wo gerade nichts los ist.«

»Du bist unfair.« Peggy schaute ihre Cousine vorwurfsvoll an. »Woher soll Molle denn wissen, dass ausgerechnet heute so etwas passiert? Du hast es beim Ausritt ja selbst noch nicht gewusst.«

»Stimmt.« Bimbo richtete sich auf. Sie schüttelte das Stroh aus ihren Haaren und stand auf.

»He.« Sie gab Dany einen kleinen Fußtritt. »Nicht einschlafen, Freund!«

»Mhmh … ist gerade so weich und gemütlich …«, murmelte Dany, sich noch ein bisschen ausstreckend. »Geht ihr schon mal los. Ich mach mit Klärchen noch ein kleines Schläfchen.«

»Kommt nicht infrage!« Empört zog Bimbo ihn an den Füßen von der Stute weg. »Entweder gehen alle oder keiner.«

»O Mann! Weiber sind so was von anstrengend.« Dany erhob sich seufzend. »Womit hab ich das verdient?«

»Was, mein Bruderherz?«, fragte Peggy kampfeslustig.

Dany schaute sie an. »Dich zum Beispiel. Und die da. Und Molle und überhaupt.« Er lachte plötzlich. »Aber ich lern es schon noch, mit diesem schlimmen Schicksal fertig zu werden. Gehen wir nun zu Molle oder nicht?«

»Aber klar. In dieser Sekunde.«

»Ich bin gespannt, was sie sagt!«, rief Peggy, während sie mit den anderen auf das Haupthaus zulief.

»Sie wird den Mund nicht wieder zukriegen!«, meinte Bimbo.

»Genau. Die Fliegen werden ihr in den Mund taumeln, weil er so weit offen steht!«

Lachend stürmten sie ins Haus.

»Molle! He, du alte Schlafmütze! Willst du die schönste Neuigkeit einfach verpennen?« Bimbo trat an Molles Bett und versuchte, sie herumzuwälzen.

Molle lag, vollständig angezogen, auf der Bettdecke, das Gesicht in den Kissen vergraben.

Als die drei ins Zimmer stürzten, krümmte Molle sich noch mehr zusammen und drehte sich zur Wand.

Sie gab keinen Laut von sich.

»He! Molle! Spielst du etwa die beleidigte Leberwurst?«

Dany kitzelte ihre Fußsohle. Er wusste, dass Molle das auf den Tod nicht ausstehen konnte. »Deine Füße stinken wie ein alter Emmentaler«, sagte er, wobei er ihre Tennissocken auszog und weiterkitzelte. »Was hältst du von einer kalten Dusche?«

»Lasst mich in Ruhe!«, nuschelte Molle. Sie verschränkte die Arme über ihrem Kopf.

»Von wegen! Hier wird niemand in Ruhe gelassen. Fass mal mit an, Peggy.« Bimbo und Peggy drehten Molle mit vereinten Kräften auf den Rücken.

Molle bedeckte ihr Gesicht mit den Armen, aber Bimbo zog ihre Arme weg.

Erschrocken starrte sie Molle an. »Du heulst ja!«

»Ich hab doch gesagt, ihr sollt mich in Ruhe lassen!« Blitzschnell hatte Molle sich wieder auf den Bauch gedreht.

Ratlos schauten Peggy, Dany und Bimbo sich an.

»Habt ihr eine Ahnung, was mit ihr los ist?«, fragte Dany schließlich.

»Keinen blassen Schimmer. Heute beim Mittagessen war sie doch noch ganz okay. Oder?« Peggy runzelte nachdenklich die Stirn. »Kann sein, dass sie auch beim Mittagessen nicht viel geredet hat.« Sie setzte sich an die Bettkante und streichelte Molles Rücken. »Komm. Sag schon, was los ist.«

Molle schüttelte eisern den Kopf.

»Molle! Bitte! Du musst doch vor uns keine Geheimnisse haben!« Peggy streifte Molles Haare aus dem Gesicht und gab ihr einen Kuss. »Wir bereden doch immer alles gemeinsam!«

Molle rührte sich nicht. Sie zog nur ihre Füße etwas näher an den Körper, als wenn ihr plötzlich kalt wäre.

»Willst du eine Decke?«, fragte Dany schuldbewusst. Es tat

ihm plötzlich Leid, dass er Molle die Socken ausgezogen hatte. Und die Sache mit dem alten Käse tat ihm auch Leid. Denn sie hatte überhaupt nicht gestimmt.

»Ich will in Ruhe gelassen werden!«, brummte Molle.

Peggy schaute Bimbo und Dany an. »Geht ihr mal raus!«, flüsterte sie. »Ich red allein mit Molle. Ich krieg das schon hin.«

»Wenn du meinst, dass du es besser kannst als wir …« Dany hob resignierend die Schultern. »Bitte.« Er schob Bimbo aus der Tür. »Also, bis später.«

Bimbo lächelte Peggy aufmunternd zu. »Sag ihr, dass wir ihr helfen, ja?«

»Okay, ich sag's ihr.« Peggy wartete, bis die Tür endlich ins Schloss fiel.

Dann zog sie ihre Schuhe aus und kuschelte sich neben Molle auf das Bett. Sie schlang ihre Arme um Molles Bauch. Molles Körper wurde von Weinkrämpfen geschüttelt. Plötzlich liefen ihr die Tränen nur so herunter. Sie konnte einfach nichts dagegen tun.

Peggy streichelte verzweifelt Molles Kopf. »Sei doch nicht so traurig, Molle«, flüsterte sie beschwörend. »Wenn du weiter weinst, muss ich auch gleich weinen …«

»Du hast ja überhaupt keinen Grund. Du bleibst doch nicht sitzen«, murmelte Molle.

»Was?« Peggy richtete sich ruckartig auf. »Was hast du eben gesagt? Ist das dein Ernst?«

Molle nickte. Sie wagte nicht, Peggy anzusehen.

»He! Molle! Red doch endlich mit mir!«

Ganz langsam drehte sich Molle zu Peggy herum. Ihr Gesicht war tränenverschmiert.

»Ich red doch die ganze Zeit mit dir.«

Peggy starrte sie an. »Du bleibst sitzen? Ist das dein Ernst?«

Molle nickte.

»Wer hat das gesagt? Woher weißt du das? Das kannst du doch überhaupt nicht wissen.«

»Doch. Ich kann es sehr wohl wissen.«

»Und woher?«

»Von Dolly.«

Peggy brauchte einen Augenblick, bis sie verstand. Sie schlug sich mit der flachen Hand gegen die Stirn. »Stimmt ja! Du hast mit Dolly nach der Englischstunde geredet. Klar, Mann, bin ich blöd! Wieso hab ich dich nicht gefragt, was Dolly von dir wollte?«

Molle schnäuzte ins Taschentuch. »Weiß ich doch nicht.«

»Und sie hat das echt gesagt? Einfach so? Molle, du bleibst sitzen. So hat sie das gesagt?«

Molle nickte.

»Unfassbar. Die Lehrer sind die grausamsten Menschen, die ich kenne.« Peggy hockte sich auf die Bettkante und presste die Hände zwischen die Knie. Zornig starrte sie auf den Fußboden. »Ich kann es einfach nicht fassen. Es will nicht in meinen Schädel! Es will da einfach nicht rein. Du kannst doch nicht einfach so mir nichts, dir nichts sitzen bleiben!«

»Es ist ja auch nicht mir nichts, dir nichts. Ich hab alles so hängen lassen. Ich hab mich nicht angestrengt. Weiß ich ja selber.«

»Du bist einfach faul gewesen, Molle.«

»Mann!« Molle hätte Peggy am liebsten in das Kopfkissen gedrückt. »Weiß ich doch alles selbst! Brauchst du mir nicht auch noch unter die Nase zu reiben. Glaubst du, ich weiß das nicht von allein.«

»Reg dich nicht auf, Molle. Tut mir Leid. Ich wollte dich nicht beleidigen.«

»Du beleidigst mich auch nicht. Ich ärgere mich ja nur über mich selbst.«

Molle rutschte von der Bettkante. Sie angelte sich ihre Tennissocken und zog sie an.

»Und was willst du jetzt machen?«, fragte Peggy hilflos.

»Ich? Keine Ahnung. Ich weiß bloß eines: Die Klasse wiederholen, das mach ich nicht. Das ist mir einfach zu blöd. Dann geh ich lieber ab und werde Pferdepflegerin oder Gärtnerin oder so was. Alles viel besser, als diese blöde Klasse noch mal zu machen. Ich komm mir ja vor wie eine Oma unter den Kleinen!«

Peggy musste lächeln. »Sooo groß ist der Altersunterschied dann aber auch nicht.«

»Mir reicht es.« Molle schlüpfte in ihre Schuhe und stand auf. »Außerdem stinkt es mir, wenn ihr alle eine Klasse weiterkommt und bloß ich nicht.«

»Kann ich verstehen.« Peggy seufzte. »Ein totaler Mist ist das.« Sie schaute Molle zu, die sich ohne Spiegel die Haare kämmte. »Und was willst du jetzt genau machen?«

»Keine Ahnung.« Molle ließ den Kamm in der Schreibtischschublade verschwinden. »Ich schätze, ich werde es Mami und Daddy sagen müssen, bevor der Direktor hier anruft und Putz macht.«

»Du Arme.« Peggy schaute sie mitleidig an. »Bist du sicher, dass es keine Chance mehr gibt?«

»Ganz sicher.«

»Und wieso ganz sicher?«

»Weil ich blöd und faul bin. Hast du doch eben erst selbst gesagt.«

»Hab ich überhaupt nicht. Du bist kein bisschen blöd ...«

»Aber ein bisschen sehr faul. Und Faule bleiben eher sitzen als Fleißige.«

Peggy stützte das Kinn auf ihre Hände. »Und wenn du dich jetzt ganz unheimlich anstrengst?«

Molle hob die Schultern. »Zu spät.«

»Quatsch! Ist doch Unsinn!« Peggy redete sich in Begeisterung. »Zu spät kann es überhaupt nicht sein. Warte mal …« Sie rechnete. »Noch sieben Wochen bis zu den Sommerferien. In sieben Wochen kann unheimlich viel passieren.«

Sie sprang auf und umarmte Molle. »Wenn wir alle helfen? Wenn wir alle zusammen mit dir die Sachen durchpauken, die du nicht verstanden hast? Dany kann dir in Mathe helfen und ich in Englisch. Und wo bist du noch schlecht?«

»In Physik«, sagte Molle schwach. »Aber lass nur … es hat sowieso keinen Zweck.«

»Unsinn! Hör doch auf, immerzu zu sagen, es hat keinen Zweck!« Peggy war Feuer und Flamme. »Ich hol jetzt die anderen beiden und dann machen wir einen Plan. Und ich sage dir: In sieben Wochen wirst du in die nächste Klasse versetzt! So wahr ich Peggy Brendel heiße!«

Als Molle und Peggy in den Pferdestall kamen, sah Molle schon viel weniger unglücklich aus. Beinahe konnte man auf ihrem Gesicht so etwas wie ein Lächeln erkennen.

Dany seufzte erleichtert. »Na also. Molle hat ihr Tief überwunden. Worum ging es denn?« Neugierig schaute er Peggy an.

Aber Peggy winkte ab. »Darüber reden wir später. Das ist ein Kapitel für sich.« Sie legte den Arm um Molles Schultern. »Jetzt müssen wir Molle doch erst mal die schöne Neuigkeit erzählen.«

»Sag bloß, das hast du ihr noch nicht erzählt!«, rief Bimbo fassungslos. »Es wäre das Erste, was ich erzählt hätte.«

Peggy zwinkerte Bimbo zu. »Ich weiß doch, dass du das am liebsten selbst übernimmst. Also los.«

»Worum geht es eigentlich?« Molle schaute verwirrt von einem zum anderen. »Ihr macht ja eine richtige Staatsaktion aus eurem Geheimnis.«

»Es ist auch eine Staatsaktion!« Bimbo strahlte. »Es ist eine riesige Neuigkeit, Molle. Etwas, worauf du im Leben nicht kommen würdest. Pass auf. Komm einmal her.« Sie nahm Molles Hand und führte sie zu Klärchens Box.

Inzwischen hatte Klärchen sich wieder erhoben. Sie stand jetzt freundlich, mit dem Maul in einem frischen Heuhaufen herumwühlend, in der Ecke und vertrieb die Fliegen mit dem Schweif.

»Was siehst du, wenn du in die Box guckst?«, fragte Bimbo geheimnisvoll.

Molle tippte sich an die Stirn. »Was soll ich schon sehen? Wollt ihr mich auf den Arm nehmen? Was ist das für eine dämliche Frage!«

»Die Frage ist überhaupt nicht dämlich, das wirst du gleich merken.« Bimbo schob ihre Schwester unerbittlich vorwärts. »Beschreib doch einmal genau, was du siehst.«

Molle fand die Idee zwar immer noch ziemlich bescheuert, aber weil sie keine Spielverderberin sein wollte, sagte sie folgsam: »Also, ich sehe eine Pferdebox ...«

»Weiter ... das war schon mal richtig«, drängte Bimbo.

Molle schaute ihre Schwester an, als ob die eben den Verstand verloren hätte. »Natürlich ist das richtig.«

»Weiter!«

»Also, dann sehe ich Stroh auf dem Boden, ein paar Pferdeäpfel ...«

»Weiter!«

»Ja! Kommt schon noch. Eine alte Frau ist doch kein TEE-Zug!« Molle ließ ihre Blicke durch die Box schweifen. Sie ahnte, dass

Bimbo auf etwas ganz Besonderes hinauswollte. Aber was? Es musste etwas Ungewöhnliches sein. Etwas, was man sonst in der Box nicht zu sehen bekam …

»Oben rechts in der Ecke Spinnweben«, sagte Molle.

»Weiter!«

»Ein rotes Herz an der Wand.« Molle fixierte den Punkt an der weiß getünchten Wand. Neugierig trat sie näher. »Ist ja irre! Wer hat das denn dahin gemalt?«

Bimbo wurde rot. »Das geht dich nichts an! Das meine ich ja überhaupt nicht!«

»Ist aber trotzdem interessant.« Molle versuchte, die Buchstaben unter dem Herz zu entziffern, aber die waren verwischt.

»Was siehst du noch?«, drängte Dany. »So schwer ist das doch nun wirklich nicht.«

Molle schaute sich um. Sie gab Klärchen einen Klaps auf die Kruppe. »Beweg dich mal ein bisschen aus der Ecke, Klärchen, du versperrst mir die Sicht.«

Freundlich schnaubend trippelte Klärchen ein paar Schritte nach links.

»Ich sehe einen Heuhaufen«, sagte Molle.

»Weiter! Weiter!«

»Mit frischem Löwenzahn und … na ja, Gänseblümchen sind da auch, ein bisschen verwelkt …« Hilflos sah sie sich nach den anderen um, die mit verschränkten Armen an der Boxentür standen und warteten. »Aber ich schätze, die Gänseblümchen habt ihr auch nicht gemeint, oder?«

Dany grinste. »Richtig. Das, was wir meinen, ist übrigens ziemlich groß.«

»Sozusagen unübersehbar«, fügte Peggy kichernd hinzu. Allmählich wurde die Sache richtig komisch.

Molle entdeckte einen Wassereimer, den Peggy am Nachmittag angeschleppt hatte. Sie bückte sich, um den Eimer zu untersuchen.

»Irgendetwas mit dem Eimer?«, fragte sie zögernd.

»Quatsch! Vergiss den Eimer. Es ist etwas Großes.«

»Lasst das«, brummte Molle. Allmählich wurde sie ärgerlich. »Ich hab keine Lust auf euer blödes Spiel. Ihr sagt mir ja nicht, was ihr eigentlich wollt.«

»Und du sagst nicht, was du alles siehst. Das Größte hast du vergessen.«

»Das Größte hab ich mit Absicht nicht erwähnt«, erwiderte Molle patzig, »weil es mir einfach zu bescheuert vorkam. Aber bitte: Ich sehe eine braune Stute, die Klärchen heißt und die gerade meine vierte Rippe anknabbert.«

»Richtig«, sagte Bimbo. Sie war erleichtert, dass sie der Sache näher kamen. »Du willst also sagen, du siehst ein Pferd.«

»Das hab ich doch eben gesagt!« Molle tippte sich an die Stirn.

»Aber es ist falsch!«, rief Bimbo triumphierend. »Du siehst nämlich nicht ein Pferd, sondern zwei!«

Peggy und Dany krümmten sich vor Lachen. Molles Gesicht war wirklich wundervoll. Ihre Augen waren kreisrund vor Verwunderung. Einen Augenblick hielt sie ihre Schwester für vollkommen übergeschnappt.

»Zwei Pferde?«, fragte sie. »Seid ihr blöd, oder was? Das sind doch nicht zwei Pferde!«

»Doch! Es sind doch zwei Pferde!« Bimbo konnte vor Begeisterung kaum sprechen. Sie kicherte in sich hinein. »Aber das eine Pferd kannst du noch nicht sehen.«

»Ah. Ein unsichtbares Pferd, was? Ich glaube, ihr spinnt wirklich.«

Molle stapfte aus der Box.

Dany hielt sie fest. Er versuchte, ernst zu bleiben, aber er platzte fast vor Lachen. »Wir spinnen nicht, Molle. Bimbo hat Recht. Das zweite Pferd ist wirklich unsichtbar. Aber nur für uns. Das heißt, in Wirklichkeit existiert es schon. Es ist aber viel, viel kleiner als Klärchen.«

Molle überlegte. Sie schaute Klärchen an und dann studierte sie die Gesichter der anderen drei. »Ihr meint ...«, begann sie zögernd.

»Was?«, drängte Bimbo. »Was meinen wir!?«

»Ihr meint ... also ... kann es möglich sein ... also, ich ...«

»Los, Mensch! Rede schon! Du bist ja auf dem richtigen Weg!«

Molles Augen leuchteten plötzlich. Fragend schaute sie Bimbo an. »Klärchen bekommt ein Fohlen?«

»Richtig!« Bimbo umschlang den Hals ihrer Schwester und küsste sie. »Wir kriegen ein Fohlen! Ist das nicht irre, Molle? Ist das nicht absolut wunderbar! Ein Fohlen! Und niemand hat es gewusst! Klärchen hat das sozusagen nachts eingefädelt ...«

»Eine Liebesgeschichte, von der wir nichts wussten«, sagte Dany.

»Einfach irre, oder? Nicht einmal dein Vater hatte eine Ahnung! Klärchen hat uns alle überrascht.«

Molle schleppte sich zur Futterkiste. Sie hatte plötzlich ganz weiche Knie. Das waren ein paar Neuigkeiten zu viel auf einmal. »Ich muss mich erst mal setzen«, meinte sie.

Aber sie strahlte vor Freude.

Am Abend wurde Klärchen in die Klinik zur genauen Untersuchung gebracht.

Dr. Brendel trug einen weißen Kittel und zog sich einen langen Gummihandschuh über, der bis zum Oberarm reichte. Klärchen wurde so gefesselt, dass sie nicht ausschlagen konnte.

Die Prozedur gefiel der Stute überhaupt nicht. Mit rollenden

Augen versuchte sie immer wieder, den Kopf hochzureißen und sich von den Fesseln zu befreien.

Bimbo hatte vor Aufregung und Angst eine ganz nasse Stirn. Beschwörend hielt sie Klärchens Kopf und flüsterte ihr etwas Beruhigendes ins Ohr.

»Dauert nur ein paar Minuten«, sagte Dr. Brendel. Er rieb den Gummihandschuh mit Vaseline ein und schob die Hand dann vorsichtig in die Scheide der Stute.

Klärchen beruhigte sich plötzlich. Sie blieb ganz still stehen, als ob sie voller Verwunderung darauf achtete, was da in ihrem Bauch passierte.

»Was machst du, Daddy?«, fragte Bimbo.

»Ich versuche herauszufinden, wie groß das Fohlen schon ist«, murmelte der Vater. Er schloss während der Untersuchung die Augen, um sich besser zu konzentrieren. Sein Arm steckte jetzt bis zum Ellbogen in der Stute.

Bimbo fragte sich, wie es sich wohl im Bauch der Stute anfühlte. Sie konnte es sich beim besten Willen nicht vorstellen.

Einmal zuckte Klärchen zusammen, aber in dem Augenblick zog Dr. Brendel seinen Arm auch zurück. Er streifte den Gummihandschuh ab. Wortlos bückte er sich, um Klärchen von den Fußfesseln zu befreien.

»Und?«, rief Bimbo atemlos. »Was hast du herausgefunden?«

Dr. Brendel antwortete nicht. Er löste die Fesseln, klopfte Klärchens Hals und ging dann zum Instrumentenschrank. Dort nahm er eine Spritze heraus, schraubte eine haarfeine Injektionsnadel darauf und zog aus einer Ampulle eine rote Flüssigkeit auf.

»Was ist das?«, rief Bimbo. »Warum kriegt sie eine Spritze? Ist etwas nicht in Ordnung?«

»Halt die Stute fest«, sagte Dr. Brendel nur.

Er gab ihr die Spritze in den Brustmuskel. Klärchen hatte kaum Zeit zusammenzuzucken, da war es schon vorbei. Verwundert schüttelte sie sich.

Dr. Brendel ging zum Waschtisch zurück, warf die Spritze in den Abfalleimer und wusch sich umständlich die Hände.

»Daddy, wenn du nicht gleich etwas sagst, dann platze ich!«

Dr. Brendel drehte sich um. Er lächelte. »Warum regst du dich so auf, Schätzchen? Es ist doch alles in schönster Ordnung!«

Bimbo starrte ihren Vater an. Es dauerte eine Weile, bis sie die Nachricht verdaut hatte. »Wirklich?«

»Wirklich. Das Fohlen ist zehn Monate alt, die Fruchtblase ist in Ordnung und die Lage des Fohlens ist optimal. Es muss nach Adam Riese eine ganz einfache Geburt werden.«

Bimbo ließ die Stute los und warf sich ihrem Vater an den Hals.

»Oh, Daddy! Wie toll! Dann ist das Fohlen ja schon richtig groß!«

»Aber noch nicht groß genug, um lebensfähig zu sein. Ein Fohlen braucht elf Monate im Mutterleib, bis es ausgewachsen ist. Also, lass uns mal rechnen … den wievielten haben wir heute?«

»Den 15. Mai!«

»Okay. 15. Mai, 15. Juni … sagen wir mal, um ein paar Tage kann ich mich natürlich irren … aber es kommt genau hin mit dem Datum, das ich in der Kartei nachgesehen habe … Der Hengst Chaka war exakt vor zehn Monaten in der Klinik.«

Bimbo lachte. »Das ist eine verrückte Geschichte, nicht?«

»Allerdings«, brummte Dr. Brendel. »Wenn das aber mit einer Stute passiert wäre, die jemand anderem gehörte, dann wären wir in einer peinlichen Lage. Einfach einen Hengst zu einer Stute auf die Weide zu lassen! Das ist im Grunde unverzeihlich.«

Bimbo küsste ihren Vater. »Ich finde es nicht unverzeihlich, sondern ganz einfach toll.«

Sie ging zu Klärchen zurück, bog deren rechtes Ohr um und zog den Kopf zu sich herunter. Dann schaute sie Klärchen in die Augen. »Am 15. Juni kriegst du dein Baby, altes Mädchen«, sagte sie strahlend. »Hast du gehört? In einem Monat!«

Klärchern wieherte zärtlich.

Für sie war das nichts Neues. Sie wusste schließlich schon lange, dass in ihrem Bauch ein Fohlen heranwuchs.

Als Bimbo die Stute wieder aus der Klinik herausführen wollte, rief Dr. Brendel sie noch einmal zurück.

»Du weißt ja«, sagte er, »dass die Stute jetzt keine Aufregung mehr haben darf. Und keine Anstrengungen! Also die Galoppritte auf dem Deich und am Strand sind gestrichen.«

»Klar, Daddy. Das brauchst du mir nicht zu sagen.«

»Wir wollen keine Fehlgeburt haben. Also denkt daran: keine Aufregung!«

»In Ordnung, Daddy.«

Dr. Brendel grinste. »Du sagst das so selbstverständlich, als wenn es auf dem Süderhof immer besonders ruhig wäre.«

Bimbo schaute ihren Vater mit Unschuldsmiene an.

»Ist es doch auch. Das wahre Sanatorium für Pferdemütter.«

»Na hoffentlich.«

Als Bimbo Klärchen in die Box zurückführte, war sie so glücklich wie lange nicht.

Sie hielt mit Klärchen Selbstgespräche.

»Wenn dein Fohlen erst einmal da ist, Klärchen, dann wird es ganz toll. Dann bekommt ihr beide eine eigene Weide und wir werden lange Spazierritte machen, ganz ruhig, am Meer entlang, das Fohlen kann neben uns herlaufen ... das wird eine tolle Zeit. Und Ferien sind dann auch bald.«

Klärchen schnaubte leise. Als sie endlich wieder in ihrer Box war, wirkte sie müde und erschöpft.

Fast sofort legte sie sich hin, streckte den Kopf lang und schloss die Augen.

»Schlaf schön, Klärchen«, flüsterte Bimbo gerührt. »Schlaf schön und pass auf dein Fohlen auf!«

Peggy war während des ganzen Abendessens unruhig. Alles dauerte ihr viel zu lange.

Sie hatte beschlossen, dass noch an diesem Abend »Kriegsrat« wegen Molles Versetzung gehalten werden musste. Während des Nachmittags war gar keine Zeit gewesen; die Neuigkeiten mit Klärchens Fohlen hatten alles andere in den Schatten gestellt.

Aber jedes Mal, wenn Peggy Molle aufmerksam anschaute, stellte sie fest, dass Molle immer noch blass und traurig aussah.

»Wir kriegen das hin, Molle«, flüsterte sie dann jedes Mal aufmunternd. »Bestimmt! Ich weiß es.«

Molle lächelte dann jedes Mal ein bisschen gequält und hob wortlos die Schultern.

»Glaubst du etwa nicht daran?«, flüsterte Peggy.

Molle schüttelte den Kopf.

»Und warum nicht?«

»Ich weiß nicht.« Wieder hob Molle hilflos die Schultern. »Ich kann mir einfach nicht vorstellen, wie das gehen soll.«

»Das werden wir eben heute Abend allesamt besprechen. Nach dem Abendessen Treffpunkt in der Scheune, im Heuschober. Ich sag's den anderen.«

»Okay.« Molle lächelte dünn. »Aber ich muss erst Ben ins Bett bringen. Ich bin diese Woche dran.«

Sonia Brendel hatte in diesem Frühjahr einen Plan ausgearbeitet. »Ihr seid alle große Kinder«, hatte sie gesagt, »ihr müsst mithelfen, Ben zu erziehen. Und auf ihn aufpassen. Ab sofort ist jede Woche ein anderer dafür verantwortlich, dass Ben sauber gewaschen ins Bett kommt.«

Nach dem Abendessen gähnte Peggy lauthals.

»Hand vor den Mund, Peggy!«, rief Sonia Brendel.

»Ich bin schon so müde.«

Peggy gähnte noch einmal, hielt aber folgsam die Hand vor den Mund.

»Jetzt schon?!« Erstaunt sah Sonia Brendel auf die Uhr. »Es ist noch nicht einmal acht. Ich dachte, wir könnten heute Abend eine Partie Rommee zusammen spielen.«

Verlegen schauten die Kinder sich an. Es war selten genug, dass Sonia Brendel abends ein Kartenspiel vorschlug. Aber gerade an diesem Abend hatten sie doch das Treffen in der Scheune verabredet …

Bimbo räusperte sich. »Ich … äh … sag mal, Mami, was macht denn eigentlich das neue Kapitel von deinem Buch? Musst du nicht mehr daran arbeiten?«

Bimbos Mutter lachte. »Heute Abend nicht. Heute habe ich beschlossen, dass ich den Schreibtisch nicht mehr anrühre. Mein Verleger hat mir noch nicht das Honorar für das letzte Buch geschickt. Ich bin ja dumm, wenn ich mich so abmühe.«

»Ganz richtig«, brummte Dr. Brendel. Er schob seinen Stuhl zurück und stand auf. »Mal sehen, was es Neues in den Nachrichten gibt.«

»Ich bring schon mal Ben ins Bett.« Molle hob Ben von seinem Stuhl hoch und stellte ihn auf die Füße. »Ab in die Heia, kleiner Mann.«

»Aber ich bin überhaupt noch nicht müde!«, kreischte Ben

wütend. Er sah sich Hilfe suchend nach den anderen um. »Kann ich nicht mit euch Rommee spielen?«

»Erstens kannst du gar nicht Rommee und zweitens gehören kleine Knirpse wie du um acht ins Bett«, sagte Peggy energisch.

»Du kannst allen Kindern noch einen Kuss geben und dann ist für heute Schluss.« Sonia Brendel breitete die Arme aus, um ihn zu umarmen.

Ben schmiegte sich an sie. »Bitte, bitte, noch ein ganz kleines bisschen!«

Peggy verdrehte die Augen. Sie machte Molle verzweifelte Handzeichen, sich zu beeilen. Ihre Lippen formten immer wieder das Wort »Scheune«. Molle nickte. Sie wusste schließlich Bescheid. Diese Verabredung würde sie schon nicht vergessen.

»Also los, kleiner Mann«, sagte sie streng, »jetzt gehen wir ins Badezimmer.«

»Ich habe noch Durst!«, schrie Ben. Er klammerte sich am Tisch fest, als Molle ihn auf den Arm nehmen wollte. »Ich hab noch so einen schrecklichen Durst!« Sonia Brendel lachte. »Es klingt wirklich, als wäre er kurz vor dem Verdursten. Gib ihm noch einen Becher Milch, Molle.«

»Er hat überhaupt keinen Durst, er macht bloß Theater«, stellte Bimbo fest, »ich kenn ihn doch. Er versucht mit allen Tricks, das Insbettgehen hinauszuzögern.«

»Gar nicht wahr!« Ben warf ihr einen flammenden Blick zu.

Als Molle seine Hand nehmen wollte, schüttelte er sie ab. »Ich muss erst noch zu meinem Schaf!«, rief er. »Ich hab vergessen, meinem Schaf Gute Nacht zu sagen!«

»Dein Pech«, meinte Molle ungerührt. Sie nahm den strampelnden, kreischenden Ben auf den Arm und trug ihn aus dem Zimmer. Noch im Flur und auf der Treppe hörten die anderen Bens Gezeter.

»Jeden Abend dasselbe Theater«, stöhnte Dany. »Ich kapier überhaupt nicht, was so schlimm daran ist, wenn man ins Bett gehen soll.«

»Er will eben so lange aufbleiben wie ihr«, sagte Sonia Brendel. »Es ärgert ihn, dass er noch so klein ist.«

Dany grinste. »Dann wird er sich ein Leben lang ärgern. Denn er wird immer jünger sein als wir.«

»Schlaukopf.« Peggy warf ihm einen ironischen Blick zu. »Aber später ist es vielleicht nicht so wichtig wie jetzt.« Sie stand auf und begann, den Tisch abzuräumen.

»Ich muss noch französische Vokabeln lernen.« Bimbo stand auf. Sie warf ihrer Mutter eine Kusshand zu. »Nacht, Mami.«

»Und was ist mit Rommee?« Erstaunt schaute Sonia Brendel von einem zum anderen.

»Heute lieber nicht, Mami.«

»Genau. Lieber ein anderes Mal.« Dany schob seinen Stuhl an den Tisch und half Peggy, den Tisch abzuräumen.

Bimbo war schon verschwunden.

Verwundert schaute Sonia die beiden an. »Ist irgendetwas los?«, fragte sie argwöhnisch.

»Nein.« Dany machte ein unschuldiges Gesicht. »Was soll denn los sein?«

»Keine Ahnung. Ich dachte, ihr würdet es mir erzählen.«

»Alles in schönster Ordnung, Tante Sonia, bestimmt.« Dany merkte, dass er ein kleines bisschen rot wurde, schnell drehte er sich um.

Verwundert schüttelte Sonia Brendel den Kopf. »Ich weiß nicht …«, sagte sie nachdenklich. »Manchmal habe ich das Gefühl, dass in diesem Hause Dinge geschehen, von denen ich keine Ahnung habe.«

Peggy und Dany stießen sich sanft mit den Schultern an. Aber sie achteten darauf, dass sie sich nicht ansahen. Ihre Tante hätte bestimmt den verräterischen Blick bemerkt, den die beiden austauschten …

»Na ja … dann also kein Rommee heute Abend. Dann werde ich mich mal über die alten Fotos hermachen. Das Album ist immer noch nicht fertig.«

4. Kapitel

Molle stand neben Ben am Waschbecken und kontrollierte, ob er anständig die Zähne putzte. »Auch die Zähne von hinten«, sagte sie.

Ben hob seinen Kopf. Der Mund war voller schäumender Zahnpasta. »Von hinten?«, nuschelte er. »Das geht doch gar nicht.«

»Klar geht das. Komm, ich zeig's dir.« Sie nahm Ben die Zahnbürste aus der Hand, bog seinen Kopf ein wenig zurück und begann, die Rückseite seiner Schneidezähne zu bürsten.

Ben bekam beinahe einen Würgeanfall. Er bäumte sich vor und prustete den ganzen Zahnpastaschaum ins Waschbecken. Empört sah er Molle an. »Bei den anderen muss ich das nie machen!«

»Dann werde ich mal mit den anderen reden müssen. Ist doch klar, dass die Zähne von hinten geputzt werden müssen. Los. Jetzt ausspülen.« Sie schob ihm den Zahnputzbecher hin. Ben nahm einen Mund voll Wasser und gurgelte. Er legte den Kopf in den Nacken und gurgelte und gurgelte und gurgelte. Er war ein Meister im Gurgeln. Er konnte sogar Melodien gurgeln. Alle meine Entchen, zum Beispiel. Er stützte sich gemütlich am Waschbeckenrand ab und gurgelte das ganze Lied. Mit allen Strophen. Molle hatte keine Ahnung, wie die Strophen gingen, aber es waren viele.

»Jetzt ist Schluss! Spuck aus!«, rief sie.

Ben gurgelte weiter. Er rollte mit den Augen und tat ansonsten, als hätte er nichts gehört.

»Spuck aus!«

Ben gurgelte.

Es war zum Verzweifeln. »Spuck aus, habe ich gesagt!«

Ben hielt sich immer noch am Waschbecken fest, den Kopf weit in den Nacken gebogen. Er sah aus, als wenn er durch nichts zu bewegen wäre, mit dem Gurgeln aufzuhören.

Da schob Molle seine Schlafanzugjacke hoch und begann, ihn unter den Armen zu kitzeln.

Der Erfolg stellte sich schlagartig ein. Ben begann zu prusten und spuckte das Wasser wie eine Fontäne wieder aus. »Das ist gemein!«, schrie er. Er wirbelte herum und begann, Molle in den Bauch zu boxen. »Kitzeln ist ganz gemein! Das sag ich alles Tante Sonia!« Tränen der Wut stürzten in seine Augen.

Molle bückte sich und nahm ihn in den Arm. »Sei nicht immer so wütend, du kleiner Kobold«, sagte sie sanft. »Du musst sowieso ins Bett. Du hast überhaupt keine Chance.«

Ben presste die Lippen zusammen und stapfte wütend vor Molle her in sein Zimmer. Er kletterte auf das Stühlchen, suchte sich aus der Reihe der Stofftiere ein Entchen und das Krokodil und krabbelte in sein Bett.

»Zudecken!«, befahl er.

»Zu Befehl!« Molle stopfte seine Bettdecke schön an den Rändern fest. »So, jetzt bist du ein richtiges Schnürpaket. Das gefällt dir, nicht?«

Ben nickte. »Vorlesen«, sagte er.

Molle seufzte. »Bist du nicht viel zu müde, Ben? Ich bin schon so müde, ich glaube, ich kann überhaupt keinen Buchstaben mehr erkennen.« Verstohlen sah sie auf die Uhr. Es war schon Viertel nach acht. Um acht Uhr hatten sie den Treffpunkt in der Scheune ausgemacht. Sie wurde immer ungeduldiger. Ben merkte das. Er merkte alles. Je ungeduldiger die Leute waren, die ihn ins Bett brachten, desto mehr versuchte er, alles hinauszuzögern.

»Die Geschichte von dem alten Fuchs will ich hören«, erklärte er, während er die Ente und das Krokodil an sich presste. Sein Gesicht glänzte rosig, die nassen Haare waren schön gescheitelt und klebten an seinem Kopf. Die blauen Augen blitzten. Er sieht wirklich süß aus, dachte Molle, wie ein Engelchen. Wenn er einem nur nicht so wahnsinnig auf die Nerven gehen würde…

Sie seufzte. »Also gut. Die Geschichte von dem alten Fuchs. Wo steht denn die Geschichte?«

»In dem Buch!«

»Klar. Aber in welchem?«

»Warte. Ich zeig's dir.« Wieselflink hatte Ben sich von seinen Decken befreit, war aus dem Bett und dann auf den Stuhl geklettert und hatte ein Bilderbuch herausgesucht. Er drückte es Molle in die Hand und kletterte wieder ins Bett.

»Zudecken!«

»Okay. Also zum zweiten Mal. Aber wehe, wenn du noch mal rauskrabbelst.« Molle stopfte die Bettdecke wieder fest und setzte sich an die Bettkante. Sie schlug das Bilderbuch in der Mitte auf.

»Nicht in der Mitte! Von vorne! Von ganz vorne an! Nicht schummeln!«, rief Ben wütend. »Ihr schummelt immer alle. Ich will die ganze Geschichte!«

»In Ordnung. Die ganze Geschichte.« Molle klappte das Buch auf der ersten Seite auf. Mit einem Blick hatte sie erkannt, dass es eine ziemlich lange Geschichte mit vielen Bildern war. Ben wollte immer jedes Bild erklärt haben… Vor halb neun komme ich hier nicht raus, dachte sie verzweifelt.

Inzwischen hatte Ben es sich ganz gemütlich gemacht. Er steckte einen Daumen in den Mund, kuschelte sich mit dem Kopf in das weiche Kissen und schaute Molle erwartungsvoll an.

Molle seufzte, warf noch einen verstohlenen Blick auf die Uhr und begann: »Es war einmal ein alter roter Fuchs …«

In der Scheune, auf dem Heuboden, hatten Peggy, Bimbo und Dany es sich inzwischen bequem gemacht. Sie hatten die Heuballen so aufgeschichtet, dass sie wie ein rundes Sofa waren, mit Rückenlehne und Fußstütze. Es war außerordentlich gemütlich.

Früher hatten sie oft eine Petroleumlampe mitgenommen, weil es auf dem Heuschober so stockfinster war, aber nach dem Brand wagten sie es nicht mehr.

Stattdessen ließ Dany hin und wieder seine Taschenlampe über die Gesichter der beiden Mädchen gleiten und leuchtete in die Ecken, aus denen ein leises Rascheln und Scharren drang.

»Mäuse«, sagte Bimbo.

»Ich glaube, es ist ein Marder.« Dany kroch vorsichtig auf die Ecke zu. Das Geraschel verstummte sofort.

»Glaubst du, die lassen sich von dir fangen? Marder sind ganz scheue Tiere.«

»Weiß ich doch selbst.« Dany kam zurück. »Ich wollte sie mir bloß mal aus der Nähe ansehen.«

»Kannst ja in ›Brehms Tierleben‹ nachgucken, wie sie aussehen«, meinte Bimbo ungerührt. »Außerdem können es auch Ratten sein.«

»Igitt!«, sagte Peggy und schüttelte sich.

»Wieso?«, fragte Bimbo spöttisch. »Wo Tiere sind, sind auch Ratten. Und wo so viel Futter herumliegt, gibt es alles mögliche Viehzeug, das sich davon ernährt.« Sie machte eine lässige Handbewegung. »Denk mal an die Steckrüben drüben im Schuppen. Da sehen manche so aus, als ob ein paar Nager sich daran gütlich tun.«

Ein Wind kam auf und rüttelte an den Dachluken. Peggy kauerte sich tiefer in das Heu. »Hier auf dem Heuboden hab ich immer so ein komisches Gefühl. Ich denke, jeden Augenblick taucht ein Gespenst auf.«

»Gespenster gibt es nur in alten Märchenbüchern«, meinte Dany.

Bimbo kroch zu einem der Fenster und schaute hinaus. »Ich sehe Sterne. Und Wolken, die ganz schnell rasen.«

»Dann gibt es heute Nacht noch einen Sturm«, sagte Peggy. »Das haben sie vorhin auch im Radio gesagt.«

Plötzlich hörten sie ein Knurren. Obwohl sie sich alle sagten, dass es völlig unsinnig ist, Angst zu haben, machten ihre Herzen einen richtigen Hüpfer.

Mit weit aufgerissenen Augen starrten sie auf die Scheunentür, die sich knarrend und leise quietschend öffnete.

Die Kinder hielten die Luft an.

Sie konnten nichts sehen. Ein schwacher Lichtschein von der Lampe im Hof fiel auf den Scheunenboden und beleuchtete den vorderen Teil des Leiterwagens, der hier langsam verstaubte. Erst zur Ernte würde man den Leiterwagen wieder herausholen, Klärchen davor spannen und das Stroh einfahren.

Aber ob Klärchen nach der Geburtsanstrengung überhaupt dieses Jahr eingeschirrt werden konnte?

»Ist da jemand?«, flüsterte Molle ins Dunkle. Rasch trat sie in den Lichtschein und spähte ängstlich umher.

»Hier oben!«, rief Dany erleichtert. »Du musst die Leiter hochklettern.«

»Ich sehe nichts… Ich hab die Taschenlampe nicht gefunden…«

Molle tastete sich vorwärts. »Au!«, rief sie plötzlich. Sie hatte ihr Schienbein an der Wagendeichsel gestoßen. »Au… verdammt… das tut weh…«

»Warte… ich helf dir.« Dany kroch zur Leiter und kletterte hinunter, die Taschenlampe zwischen die Zähne geklemmt. Als er Molles Hand berührte, zuckte sie erschrocken zurück.

»Ich krieg noch mal einen Herzinfarkt«, keuchte sie. »Warum erschreckst du mich immer so?«

»Ich wollte dich überhaupt nicht erschrecken.« Dany leuchtete den Weg aus. »Kannst du nun die Leiter sehen oder hast du Kartoffeln auf den Augen.«

»Danke, sehr liebenswürdig.« Molle kletterte nach oben. Sie blieb im Finstern stehen und wartete, bis Dany hinter ihr auftauchte und den Lichtstrahl seiner Taschenlampe auf Bimbo und Peggy richtete, die bäuchlings auf den Heuballen lagen.

»Na?«, fragte Peggy. »Hast du den kleinen Quälgeist endlich zum Schlafen gebracht?«

»Er schläft immer noch nicht. Der ist so aufgekratzt. Er wollte unbedingt mitkommen. Aber ich hab einfach das Licht ausgemacht und gesagt: Jetzt ist Schluss.«

»Mitkommen?«, rief Dany. »Hast du ihm etwa gesagt, dass wir uns in der Scheune treffen?«

»Klar. Mir blieb doch gar nichts anderes übrig. Er ist zweimal aus dem Bett geklettert und hat alle Zimmer nach euch abgesucht. Er hat fast einen hysterischen Anfall bekommen, weil er euch nicht gefunden hat.«

»Ben ist wirklich eine Nervensäge.« Peggy stöhnte.

»Alle kleinen Kinder sind Nervensägen. Aber süß«, meinte Dany. »Ich war früher bestimmt auch nicht besser.«

»Darauf kannst du Gift nehmen.« Peggy warf ihrem Bruder einen langen Blick zu. »Ich weiß noch, wie Mami sich immer die Haare gerauft hat, wenn du ihr deinen Spinatbrei schön gleichmäßig auf der Bluse verteilt hast.«

»Ich bin eben der geborene Künstler.« Dany grinste. »Ich habe den Spinatbrei als so eine Art grüne Ölfarbe betrachtet, mit der man wunderbar Tische und Wände beschmieren kann.«

»Unser Haus hat manchmal ausgesehen wie eine Räuberhöhle«, erzählte Peggy. »Und wenn die Eltern wütend waren, bekam ich immer gleich etwas mit ab, obwohl ich lieb und brav war. Ich fand das total ungerecht.«

Dany grinste. »Mitgehangen, mitgefangen, so ist das nun mal.«

Bimbo rollte sich auf den Rücken. »Sagt mal, Freunde, haben wir uns hier getroffen, um eure Kindermärchen anzuhören, oder was? Es ist gleich neun Uhr und wir haben noch überhaupt nichts besprochen.«

»Stimmt.« Peggy richtete sich auf. Sie räusperte sich mehrfach und warf einen vorsichtigen Blick zu Molle hinüber, die während der ganzen Zeit kein Wort gesagt hatte.

»Also, es geht um Molle.«

»Klar, das wissen wir.«

»Und zwar schon seit heute Nachmittag«, fügte Dany hinzu.

»Aber was ist mit Molle?« Bimbo drehte sich zu ihrer Schwester um und sah sie an. »Los. Erzähl schon. Ich bin unheimlich gespannt.«

Molle lächelte dünn. »Mir wäre lieber, wenn Peggy das für mich machen würde.«

»So schlimm?«, fragte Dany besorgt.

Molle nickte stumm.

»Also, Peggy, erzähl.«

Peggy fiel gleich mit der Tür ins Haus, nach dem Motto: das Schlimmste zuerst. »Heute Vormittag hat Dolly mit Molle gesprochen.«

»Dolly ist doch eure Englischlehrerin.«

»Natürlich, wer sonst. Also, Dolly hat Molle ins Elternsprechzimmer beordert und ihr eröffnet, dass sie sitzen bleibt.«

Einen Augenblick war es so still, dass man das Knistern des trockenen Heus hören konnte. Sogar die Mäuse oder Ratten oder Marder waren ganz still. Der Wind machte Pause und rüttelte nicht mehr an den Dachluken.

»Molle bleibt sitzen?«, fragte Bimbo nach einer endlosen Zeit fassungslos. »Das glaube ich nicht.«

»Wirklich?«, rief Dany. »Das kann nicht sein.«

»Das ist der Wahnsinn!« Bimbo fuhr sich mit den Händen durch ihre lange Mähne. »Das ist ja ... das ist ja ... oje ... Wissen Daddy und Mami es schon?«

»Eben nicht. Das ist es ja gerade.«

»Aber Oma weiß es.« Molles Stimme klang ganz dünn und kläglich. »Oma habe ich es heute Mittag erzählt, als ich aus der Schule kam. Ich war so verzweifelt ... ich ...« Plötzlich warf sie sich ins Heu und begann, hemmungslos zu weinen.

Bimbo kroch zu ihr und umarmte sie. »Nicht weinen, Molle, nicht weinen, Schwesterherz ... das ertrag ich nicht ... bitte ... das macht mich ganz fertig ... Hör auf, ja? Tu mir den Gefallen ... Hier ist ein Taschentuch ... Komm, schnäuz dich.«

Es dauerte eine ganze Weile, bis Molles Tränen versiegt waren. Sie versuchte zu lächeln. »Es ist eine richtige Scheiße«, sagte sie aus tiefstem Herzen. »Manchmal denke ich, ich habe das nur geträumt.«

Dany nickte düster. »Das versteh ich. Das ist ein echter Hammer. Das haut einem ja ein Loch in den Magen.«

»Oh, du Arme!« Bimbo war ganz überwältigt von Mitleid. »Und ich hab immerzu nur an Klärchen und das Fohlen gedacht! Und war so glücklich! Und hab überhaupt nicht gemerkt, wie schlecht es dir geht! Kannst du mir verzeihen?«

Molle lächelte unter Tränen. »Klar. Ihr könnt doch nichts dafür. Es ist ja alles meine Schuld. Ich weiß es ja ganz genau. Ich hätte mich eben mehr anstrengen müssen. Aber jetzt ist es zu spät.«

»Quatsch!«, rief Peggy energisch. »Es ist nie zu spät für irgendetwas! Deshalb haben wir ja dieses Geheimtreffen organisiert, um das zu besprechen. Wir müssen ganz einfach einen Plan ausarbeiten, wie wir dir helfen können.«

Molle schüttelte bekümmert den Kopf. »Ich hab darüber nachgedacht, Peggy. Du bist sehr lieb. Aber so einen Plan gibt es einfach nicht. Die Zeugniskonferenz war ja schon. Was soll man da denn noch ändern?«

Bimbo runzelte die Stirn. »Ich finde das unmöglich! Die können doch nicht sechs Wochen vor den Ferien eine Zeugniskonferenz machen! Ich meine, in sechs Wochen kann sich doch noch unheimlich viel ändern!«

Dany lächelte. »Du meinst, da kann aus einem Musterschüler noch ein Versager werden und aus einer Niete ein Überflieger, oder was? In sechs Wochen? Das gibt es doch gar nicht.«

»Natürlich gibt es das!« Erregt sprang Peggy auf. »Ich finde es total bekloppt, wenn ihr jetzt alle den Kopf in den Sand steckt.«

»Geht nicht«, stellte Dany lakonisch fest. »Wir können den Kopf höchstens ins Heu stecken.«

»Ach, hör auf mit deiner ewigen Rechthaberei! Du weißt genau, was ich meine! Ich meine, wir dürfen nicht so schnell aufgeben!«

Molle stöhnte. Ihr war richtig schlecht. Entweder hatte sie zu viel gegessen oder zu wenig oder das Falsche. Es lag ihr alles wie ein Stein im Magen. Am liebsten, dachte sie, würde ich jetzt einschlafen und überhaupt nicht mehr aufwachen wollen. Oder wenn, dann viel, viel später, wenn alles vorbei ist…

Dany schien zu spüren, wie elend Molle sich fühlte. Er streichelte ihren Rücken, während Bimbo fragte: »Und was können wir deiner Meinung nach tun?«

»Wir müssen ganz klar wissen, wie es in allen Einzelheiten um Molles Zensuren steht. Klar ist, dass Molle in Englisch total schlecht ist. Das weiß ich selbst. Das kann ich beurteilen.«

Molle schaute auf. »Du hast es eben auch gut. Du hast schließlich ein paar Jahre in Amerika gelebt. Da könnte ich auch gut Englisch.«

»Weiß ich doch. Weiß ich doch. Aber darum geht es ja gar nicht. Es geht darum, was Dolly gesagt hat: Du bist ganz einfach die Schlechteste. Und ich weiß auch, wieso.«

»Und wieso?«, fragte Molle trotzig.

»Weil du, solange ich dich kenne, nicht eine einzige Vokabel gelernt hast. Du überfliegst das mal kurz vor der Stunde und hast es einen Tag später schon vergessen. So lernt man keine Vokabeln. Und das ist das A und O der Fremdsprachen. Von Grammatik rede ich gar nicht erst, denn da hast du erst recht keinen blassen Schimmer.«

»Danke«, sagte Molle grimmig. »Sehr scharmant.«

»Ich sage es so, wie es ist. Aber ich weiß auch, dass ich irgendwie Schuld habe an der Misere.«

»Wieso du denn?«, fragte Bimbo verblüfft. »Was kannst denn du dafür, dass Molle schlecht in Englisch ist?«

»Ganz einfach, weil ich nie gelernt habe. Ich brauchte ja nie englische Hausaufgaben zu machen. Das wäre echt lächerlich gewesen. Und da hat Molle sich einfach angewöhnt, auch keine Hausaufgaben zu machen. Das ist wirklich meine Schuld. Ich hätte darauf achten müssen.«

Bimbo schaute Peggy an. »Wenn du das so genau weißt«, sagte sie langsam, »dann hätte dir ja auch irgendwann einmal die Idee kommen können, Molle zu helfen.«

»Sie hat mir ja geholfen.« Molle wischte sich die Tränen ab. »Sie hat mich immer ihre Arbeiten abschreiben lassen.«

»Na toll.« Dany schlug sich gegen die Stirn. »Und ihr glaubt, die Dolly ist so bescheuert, dass sie das nicht gemerkt hat? Die hat doch Molle in Gedanken jedes Mal eine Sechs gegeben.«

»Das weiß ich inzwischen auch. Du brauchst überhaupt nicht zu schreien.« Peggy wurde sauer. Die Atmosphäre war richtig aufgeladen vor Spannung.

Bimbo spürte, dass man etwas tun müsse.

Sie klatschte in die Hände. »Also, hören wir auf mit dem blöden Gerede, was wir alles falsch gemacht haben. Überlegen wir uns ganz einfach, welche Chance wir jetzt noch haben.«

»Wir?«, fragte Molle. »Wieso denn wir? Es geht hier nur um mich. Ich bleibe sitzen. Für euch besteht doch überhaupt keine Gefahr.«

Bimbo sah ihre Schwester kopfschüttelnd an. »Du hast wahrscheinlich immer noch nicht begriffen, dass wir immer zusammenhalten. In der Not. Wir lassen es einfach nicht zu, dass einer von uns sitzen bleibt. Wir werden um deine Versetzung kämpfen!«

»Jawohl«, sagte Dany energisch. »Und zwar wie die Löwen, mit allen Mitteln.«

Bimbo seufzte erleichtert. »Also das ist schon mal klar. Wir müssen Molle helfen. Peggy kann sie in Englisch unterrichten und ich in Mathe.« Sie grinste mitfühlend. »Da war Molle schon immer eine totale Niete.«

»In Physik bin ich auch eine totale Niete«, sagte Molle schwach. »Das sind für mich alles böhmische Dörfer. Ich weiß, dass ich längst etwas hätte tun müssen …«

»Nun zerfließ mal nicht vor Selbstvorwürfen.« Dany legte einen Arm um Molles Schulter. »Ich bring dir alles bei, was du wissen musst. Klar? Und wenn ich ab sofort alle meine Nachmittage für dich opfern muss. Wir machen jetzt einen Intensivkurs in Physik. In Ordnung? Morgen geht es los.«

Molle nickte unter Tränen. Gerührt schaute sie von einem zum anderen. »Ihr seid wirklich süß«, sagte sie. »Selbst wenn es nicht klappt, finde ich es unheimlich toll, dass ihr so zu mir haltet.«

»Du hast Recht. Es ist toll«, sagte Bimbo. »Aber eines wollen wir klarstellen: Es klappt auf jeden Fall. Du wirst versetzt. So wahr hier alle Ratten und Mäuse zuhören.«

Sie hielten die Luft an. Und tatsächlich: Nach einer Weile hörten sie wieder das verstohlene Scharren und Rascheln und Kratzen auf den Dielenbrettern.

»Die Mäuse und Ratten haben es gehört«, stellte sie feierlich fest. »Und die Marder auch und was hier sonst noch so rumkriecht. Es ist eine beschlossene Sache.«

Am nächsten Tag, nach der Englischstunde, sagte Dolly zu Molle, die gerade an ihr vorbei aus der Klasse gehen wollte: »Ach, Molle, Moment bitte.«

Molle schlug das Herz sofort bis zum Hals. »Ja?«, fragte sie rau.

Dolly schaute Molle ernst an. »Hast du mit deinen Eltern geredet?«

»Ich …« Molle zögerte. Dann schüttelte sie den Kopf. »Nein, noch nicht.«

»Das ist schade. Ich hatte dir doch gesagt, dass ich deinen Vater oder Mutter so bald wie möglich sprechen möchte.«

Molle senkte den Kopf. »Ich weiß.«

»Und? Warum hast du es ihnen nicht gesagt?«

Molle hob hilflos die Schultern. »Ich weiß nicht.«

»Das ist doch keine Antwort! Du bist ein großes Mädchen, Manuela! Möchtest du, dass ich deine Eltern selber anrufe?«

»Nein!« Erschrocken blickte Molle auf. »Nein… nein… ich mach das schon. Ich verspreche es.«

»Heute noch?«, fragte Dolly streng.

»Ja, heute noch.« Molle flüchtete aus dem Klassenraum.

Peggy wartete draußen auf sie. »Und? Was wollte sie?«, fragte sie aufgeregt.

»Weißt du doch. Sie wollte wissen, ob ich meinen Eltern Bescheid gesagt habe.«

»Und was hast du gesagt?«

»Natürlich die Wahrheit.«

»Aber wie hast du es ihr erklärt?«

»Überhaupt nicht. Da gibt es doch nichts zu sagen.«

»Du hättest ihr doch sagen können, was wir beschlossen haben! Du hättest ihr doch unser Hilfsprogramm erläutern können!« Eindringlich redete Peggy auf Molle ein, die mit hängenden Schultern den Gang entlangschlurfte.

Aber Molle schüttelte nur immer den Kopf. »Das glaubt sie doch sowieso nicht. Die hat mich doch schon abgeschrieben. Das merkt man ganz deutlich.«

Peggy tippte sich an die Stirn. »Du bist echt blöd! Du hast überhaupt keinen Kampfgeist. Geh schon mal auf den Schulhof. Ich hab was vergessen.« Wie ein Wiesel rannte sie zurück.

Dolly wollte gerade, die Schulbücher unter dem Arm, den Klassenraum verlassen. Als Peggy auf sie zugestürmt kam, hob sie überrascht die Augenbrauen. »Nanu, Peggy. Du hast es aber eilig.«

»Ja.« Peggy machte einen halben Zentimeter vor Dolly eine Vollbremsung. Atemlos stieß sie hervor: »Ich hatte Angst, dass Sie mir entwischen.«

Dolly lächelte. Peggy gehörte zu ihren Lieblingsschülerinnen. Das war kein Wunder. Peggy wusste immer alles, hörte aufmerksam zu und war immer freundlich. Alle Lehrer wünschten sich solche Schüler.

»Nun. Dann schieß los. Was wolltest du mir erzählen?«

»Es geht um Molle.«

Sofort veränderte sich Dollys Gesichtsausdruck.

»Das hätte ich mir ja eigentlich denken können.«

»Ist es … ist es wirklich wahr?«

Dolly schaute Peggy an. »Was?«

»Dass Molle sitzen bleibt?«

Dolly hob die Schultern. »Es ist nicht meine Schuld, Peggy. Du weißt, dass ich mir mit allen Schülern sehr viel Mühe gebe. Aber Molle hat sich nie im Geringsten angestrengt.«

»Aber es sind doch noch sechs Wochen bis zu den Zeugnissen! Stimmt es wirklich, dass schon Zeugniskonferenz war?«

»Ja. Allerdings war es die erste von drei Konferenzen.«

Peggys Augen leuchteten auf. »Also ist noch Hoffnung?«

Dolly schüttelte den Kopf. »Für Molle nicht. Sie kann sich schließlich nicht in sechs Wochen in eine Musterschülerin verwandeln, oder?«

»Vielleicht doch«, murmelte Peggy. Sie nahm Dollys Hand. »Können Sie ihr nicht noch eine Chance geben?«

Dolly zögerte. Schließlich huschte ein Lächeln über ihr Gesicht. »Irgendwie seid ihr eine nette Familie da auf dem Süderhof. Ihr haltet zusammen wie Pech und Schwefel, was?«

Peggy nickte. »Klar. Ist doch logisch. Bitte! Nur eine einzige winzige Chance!«

»Und wie soll die aussehen?«

Peggy überlegte fieberhaft. Sie hatten zwar einen Plan gemacht, aber ob der funktionierte?

»Ich dachte«, erklärte sie, »wenn ich jetzt jeden Tag mit Molle lerne und übe, Vokabeln pauke und Grammatik und alles nachhole aus dem letzten Schuljahr…«

»Du willst in sechs Wochen nachholen, was Molle ein ganzes Jahr lang versäumt hat?«, rief Dolly amüsiert. »Das kann doch gar nicht gehen.«

»Vielleicht doch! Vielleicht doch!« Flehend sah Peggy die Lehrerin an. »Sie müssten Molle nur irgendwie noch eine Chance geben. Eine Arbeit schreiben lassen oder wenigstens ihre Hausarbeiten zensieren oder so etwas… damit sie ihre schlechten Noten verbessern kann… Geht das nicht?«

Dolly zögerte. »Ich weiß nicht…«

»Bitte! Bitte!«

Schließlich legte Dolly ihre Hand auf Peggys Arm. »Ich werde es mir überlegen, ja? Ich werde sehen, was sich machen lässt.«

Peggy strahlte vor Freude. Am liebsten wäre sie der Lehrerin um den Hals gefallen und hätte deren rosig gepuderte Wangen abgeküsst. Im letzten Augenblick beherrschte sie sich. »Danke!«, rief sie glücklich. »Danke!« Und schon war sie wieder fort.

5. Kapitel

Dany saß neben Molle auf der Gartenbank hinter dem Haus der Großeltern. Zwischen ihnen stapelten sich die Physikbücher, Kladden und Arbeitshefte. Dany hielt Molle gerade einen Vortrag über das physikalische Gesetz »Kraft gleich Masse mal Beschleunigung«.

Es war eines seiner Lieblingsthemen, und je länger er redete, desto mehr begeisterten ihn seine eigenen Worte.

»Also«, sagte er, nachdem er eine halbe Stunde ohne Punkt und Komma geredet hatte, »ich fasse noch einmal zusammen: Der berühmte Physiker Isaak Newton hat herausgefunden, warum ein Apfel vom Baum fällt. Das war eine tolle Leistung.«

Molle wandte langsam den Blick vom Himmel, an dem sie eine kreisende Möwe beobachtet hatte, und schaute Dany an. »Das soll eine tolle Leistung sein? Jeder Apfel, wenn er reif genug ist, fällt irgendwann vom Baum. Dazu brauch ich doch nicht diesen Herrn Newton oder wie der heißt.«

Dany schluckte einen Augenblick, dann presste er die Hände an die Stirn. »Molle …«, begann er stockend. »Kann es sein, dass du mir die ganze Zeit nicht zugehört hast?«

Molle lächelte. Die Möwe drehte ab und verschwand hinter dem Haus.

»Kann es möglich sein«, beharrte Dany, »dass ich mir eine halbe Stunde lang den Mund fusselig geredet habe, und du hast überhaupt nicht zugehört?«

Molle schaute Dany an. »Du hast noch ein paar Brotkrumen auf deinem Pulli«, stellte sie fest.

Unwirsch schüttelte Dany die Krumen ab. »Weich nicht vom Thema ab, Molle! Hast du zugehört oder nicht?«

Molle lächelte. »Aber natürlich. Es war ein wunderschöner Vortrag. Schade, dass dein Lehrer ihn nicht gehört hat. Das war eine glatte Eins. Man merkt richtig, dass du alles verstanden hast.«

Dany seufzte. »Molle, ich wusste immer, dass ich das verstanden habe. Darum geht es nicht!«

»Ach nein?«

»Nein, Himmeldonnerwetternochmal! *Du* hast doch die Fünf in Physik! *Du* bleibst doch sitzen, oder?« Seine Stimme überschlug sich. Er war allmählich sauer.

Erschrocken legte Molle ihm die Hand auf die Lippen. »Nicht so laut! Du posaunst das in alle Himmelsrichtungen!«

»Ja, verdammt noch mal, wenn du dir überhaupt keine Mühe gibst! Morgen schreibt ihr einen Test über das Gesetz des freien Falls und du hast keine Ahnung.«

Molle holte tief Luft. Sie schlüpfte aus ihren Sandalen und ließ die Zehen kreisen. Es war ein schöner warmer Frühsommertag, eigentlich ein Wetter, wo man bäuchlings auf einer bunten Blumenwiese liegen und träumen sollte, anstatt blöde Physikaufgaben zu lösen … Sie seufzte und versuchte, sich zu konzentrieren.

»Ich habe es verstanden, Dany, bestimmt! Sei ja nicht sauer auf mich. Du hast es wunderbar erklärt.«

»Was habe ich erklärt, Molle?« Dany ließ nicht locker.

»Warum der Apfel vom Baum fällt.«

»Und warum fällt er vom Baum?«

»Wegen der Schwerkraft der Erde.«

Dany sprang auf. Er riss die Arme hoch und machte einen riesigen Satz. »Sie hat es verstanden!«, brüllte er. »Mein Gott, sie hat es tatsächlich verstanden!«

»Schrei nicht so«, erwiderte Molle ruhig. »Natürlich habe ich es verstanden. Aber man könnte auch sagen: Der Apfel fällt vom Baum, weil der Stängel faul geworden ist.«

Dany starrte Molle an. »Willst du mich veräppeln? Auch wenn der Stängel morsch wäre, würde der Apfel nicht auf die Erde fallen, wenn …«

»Wenn es nicht die Anziehungskraft der Erde gäbe.« Molle schenkte Dany ihr süßestes Lächeln. »Ich weiß, mein Guter. Ich habe das vollkommen kapiert. Und ich habe auch kapiert, wieso eine Feder sehr viel langsamer fällt als ein Stein. Ich hab das echt kapiert. Kraft gleich Masse mal Beschleunigung.«

»Gut.« Dany ließ sich wieder auf die Bank fallen. Er schob die Bücher zur Seite und wischte sich den Schweiß von der Stirn. »Aber wenn du das morgen bei der Testarbeit wieder vergessen hast, dann ermorde ich dich!«

»Ich werd's nicht vergessen.« Molle lächelte. »Es ist in mein Gehirn gebrannt. Auf meine Stirn tätowiert. Schau.« Sie kam mit ihrem Gesicht ganz nah an Dany heran. »Es steht auf meiner Stirn. Kannst du es lesen?«

Dany musste plötzlich grinsen. »Irgendwie«, stellte er fest, »tauge ich nicht gut zum Nachhilfelehrer. Wenigstens nicht bei dir.«

»Wieso nicht bei mir?«, fragte Molle verblüfft.

»Weil du einen immer zum Lachen bringst. Weil du das Ganze irgendwie nicht ernst nimmst.«

»Klar nehme ich das ernst.« Sie bückte sich plötzlich. »Schau mal, ein Marienkäfer.«

»Genau das meine ich. Du findest einen Marienkäfer ebenso interessant wie das Newton'sche Beschleunigungsgesetz. Das ist das Problem.«

»Ich finde nicht, dass es ein Problem ist.« Sie riss einen Grashalm ab und brachte den Marienkäfer dazu hinaufzubalancieren. »Schau mal, das ist bestimmt auch irgendein physikalisches Gesetz, dass der Käfer nicht vom Halm fällt.«

Dany hielt sich stöhnend den Kopf. »Du machst mich echt fertig. Der Käfer fällt nicht vom Halm, weil er sich festhält!!!«

»Tatsächlich?« Molle sah Dany bewundernd an. »Du bist wirklich oberschlau. Ich bin stolz, dass wir so was Tolles wie dich in der Familie haben.«

In diesem Augenblick kam Molles Mutter auf das Haus zu. Sie trug Jeans und gelbe Gummistiefel und ein weites weißes Oberhemd. Sie winkte fröhlich.

»Kinder, ich hab einen herrlichen Spaziergang gemacht! Das hat gut getan! Ich fühl mich wie neugeboren nach der ganzen Arbeit.«

»Schnell! Die Bücher weg!«, wisperte Molle. »Mami darf nicht wissen, was wir gemacht haben.«

Hastig räumten sie die Bücher und Hefte zusammen und versteckten sie unter der Bank. Mit dem unschuldigsten Gesicht der Welt schauten sie dann Sonia Brendel entgegen, die strahlend vor ihnen stehen blieb. »Ihr sitzt hier wie ein altes Rentnerehepaar auf der Bank. Ist das nicht langweilig?«

»Nö, überhaupt nicht«, murmelte Molle verlegen.

»Was habt ihr denn gemacht?«

»Wir? Ah... äh... eigentlich nichts...«, stammelte Dany.

»Doch, wir haben was gemacht. Wir haben einem Marienkäfer beigebracht, auf einem Grashalm zu balancieren.«

Sonia Brendel schaute die beiden argwöhnisch an. »Das muss man einem Käfer doch nicht beibringen, das kann er doch von selbst.«

»Mami! Du bist schlau!« Molle sprang auf und gab ihrer Mutter einen Kuss. Dabei wirbelte sie ein paar lose Blätter hoch, die sie beim Lernen einfach hinter sich gelegt hatte. Sonia Brendel hob einen der Zettel auf. Stirnrunzelnd las sie: »Das Trägheitsgesetz in der Physik.« Sie schaute Molle an. »Was soll das denn?«

Molle wurde feuerrot. »Das? Ach, das ist nichts Besonderes.« Hastig riss sie ihrer Mutter das Blatt aus der Hand, sammelte die anderen ein und presste sie an den Körper.

Irgendetwas an Molles und Danys Art machte Sonia Brendel stutzig. »Habt ihr beiden ein Geheimnis?«, fragte sie.

Molle und Dany schüttelten heftig den Kopf. Molles Gesicht war immer noch krebsrot.

»Irgendwas geht hier vor. Irgendetwas ... ich frage mich schon die ganze Zeit ...«, murmelte Molles Mutter, während sie die beiden musterte.

»Mami, es ist alles paletti! Wenn ich es dir sage! Kein Grund zur Sorge! Wir haben alles im Griff, wirklich!« Molles Stimme klang geradezu beschwörend.

Sonia Brendel hob die Achseln. »Wenn du das sagst ... dann muss ich dir wohl glauben, oder? Also bis später.« Sie nickte den beiden zu und verschwand.

Dany und Molle schauten sich wortlos an.

Dany pfiff durch die Zähne. »War verdammt knapp. Ich glaube, sie hat etwas gemerkt.«

Molle nickte. »Das glaube ich auch.«

»Und? Ist das schlimm?«, fragte Dany.

Molle zuckte mit den Schultern. »Keine Ahnung. Ich hab wirklich keine Ahnung. Ich weiß nicht, wie Mami und Daddy reagieren, wenn sie erfahren, dass ich sitzen bleibe. Vielleicht kriegen sie vor Schreck einen Herzschlag.«

»Unsinn! Du bleibst nicht sitzen! Das ist doch ausgemacht! Du *bleibst nicht sitzen*!!!«

Molle nickte. Sie fühlte sich irgendwie benommen. Sie murmelte, die Augen geschlossen: »Kraft ist gleich Masse mal Beschleunigung. Kraft ist gleich Masse mal Beschleunigung. Kraft ist gleich Masse mal Beschleunigung … Es steht auf meiner Stirn … ich werde es nie wieder vergessen … Ich habe alles im Griff, Dany …«

Dany schaute Molle an. Er wiegte bedächtig den Kopf. Er war nicht sicher. Er war wirklich überhaupt nicht sicher. Der Marienkäfer ließ seine Flügel wie kleine Propeller rotieren und schwebte ab in den Apfelbaum. Ihm war es egal, ob es auf dem Süderhof ein Mädchen gab, das sitzen blieb oder nicht. Er hatte andere Dinge zu bedenken …

Die Tage vergingen jetzt so schnell, dass Molle manchmal sogar vergaß, sie aus dem Kalender auszustreichen, der über ihrem Bett hing. Noch 38 Tage bis zu den Zeugnissen …

Um sechs Uhr klingelte ihr Wecker, dann huschte Molle ins Bad, stellte sich unter die eiskalte Dusche und kleidete sich an. Eine Viertelstunde später saß sie schon an ihrem Schreibtisch und büffelte noch einmal die Hausaufgaben durch.

Bimbo schnarchte zu dieser Zeit noch friedlich ins Kopfkissen und Dany und Peggy erlebten im Traum lauter schöne Geschichten.

Aber Molle verspürte schon lange keinen Neid mehr auf die anderen. Sie war von einem fieberhaften Ehrgeiz gepackt. Sie lernte von morgens bis abends, geradezu verbissen. Wenn sie aus der Schule heimkam, nach dem Mittagessen, verschwand sie zuerst mit Peggy in der Scheune, um Englisch zu lernen. Peggy redete ohnehin nur noch Englisch mit Molle, aber sie büffelten auch all die alten Lektionen der letzten zwei Jahre noch einmal durch.

Danach Physik mit Dany und abends, nach der Fernsehstunde, noch Mathe mit Bimbo.

Eines Tages, als Molle gähnend am Frühstückstisch saß, schaute Dr. Brendel sie besorgt an.

»Irgendetwas ist mit dir los, Mädchen. Du kriegst zu wenig Schlaf.«

»Unsinn.« Molle riss die Augen auf. »Mir geht es toll. Ich schlafe wie ein Murmeltier.«

»Dann brauchst du Vitamine oder so etwas. Du bist blass. Viel zu blass für diese Jahreszeit. Schau dir mal an, wie rosig die anderen aussehen.«

Molle hob die Schultern. »Kann nicht jeder aussehen wie ein Alete-Baby«, stellte sie trocken fest. »Ich bin mit mir ganz zufrieden.«

Dany, Bimbo und Peggy schwiegen während des Gesprächs. Bimbo löffelte ihr Müslijogurt und Dany gurgelte den Kaffee hinunter. Alle taten ganz unbeteiligt, als Dr. Brendel plötzlich sagte: »Irgendetwas geht in dieser Familie vor. Ich weiß bloß nicht, was. Eure Mutter hat auch das Gefühl, dass ihr uns etwas verheimlicht.«

Prompt wurde Peggy rot. Sie verschluckte sich an einer Brotkrume und stand prustend auf.

»Wir verheimlichen überhaupt nichts, Daddy.« Bimbo warf ihrem Vater eine Kusshand zu. »Es ist alles in bester Ordnung.«

Dr. Brendel schaute argwöhnisch von einem zum anderen. »Ich fress einen Besen, wenn das stimmt.«

»Nimm einen kleinen, mit ganz weichen Borsten, der kratzt nicht so in der Kehle«, sagte Bimbo fröhlich. Sie stand auf, stopfte einen Apfel und eine Banane in ihre Schulmappe und winkte den anderen zu. »Was ist? Wollt ihr zu spät kommen?« Und schon waren sie alle draußen.

Nachdenklich beendete Dr. Brendel sein Frühstück.

Als Dr. Brendel in die Tierarztpraxis hinüberging, klingelte das Telefon. Die Sprechstundenhilfe war noch nicht da. Dr. Brendel nahm den Hörer ab. »Brendel«, sagte er. »Mit wem spreche ich denn?«, fragte Dr. Brendel.

»Dolores Malzahn. Ich bin die Englischlehrerin von Manuela und Peggy.« Die Lehrerin lachte. »Wahrscheinlich kennen Sie mich nur unter dem Spitznamen Dolly.«

»Ah! Dolly, die Englischlehrerin! Natürlich! Entschuldigen Sie, dass ich nicht sofort …«

»Aber das macht doch nichts, lieber Doktor, das macht doch nichts!« Dolly zwitscherte ins Telefon. Wenn sie mit einem Mann sprach, stieg ihre Stimme automatisch eine Oktave höher. »Ich bin ja so glücklich, dass ich Sie noch vor Beginn des Unterrichts erwischt habe. Hoffentlich störe ich nicht gerade?«

»Überhaupt nicht. Sagen Sie mir, was ich für Sie tun kann.«

»Ja, also … heute Nacht ist mir ein Kätzchen zugelaufen. Ein sehr süßes schneeweißes Angorakätzchen. Aber das macht einen verstörten Eindruck. Und anscheinend hat es sich an der rechten Vorderpfote verletzt. Es humpelt auf drei Beinen und miaut ganz kläglich … Das kleine Kerlchen tut mir so Leid, Doktor. Es nimmt keine Sahne und auch nichts von dem leckeren Marmeladenbrot, das ich ihm gegeben habe …«

»Katzen fressen normalerweise keine Marmeladenbrote, Frau, äh …«

»Malzahn. Dolores Malzahn. Sie meinen also, ich habe das Kätzchen falsch gefüttert?«

»Das kann ich Ihnen nicht sagen. Hat die Katze ein Halsband oder eine Erkennungsmarke um?«

»Nein. Nichts. Leider. Ich bin ganz ratlos. So ein hübsches, gepflegtes Tier … Ich habe es jetzt in den Puppenwagen meiner Nichte gelegt und mit einem kleinen Federbett zugedeckt …

Aber ich glaube, das Kätzchen fühlt sich immer noch nicht wohl … es miaut ganz kläglich.«

Dr. Brendel fuhr sich mit der Hand über die Stirn. »Im Allgemeinen sind Katzen es auch nicht gewohnt, in einem Puppenwagen zu schlafen, Frau Malzahn.«

»Aber ich kann das arme Schätzchen doch nicht so herumhumpeln lassen! Wenn es sich nun etwas gebrochen hat! Es muss doch stillliegen! Ich hab es mit einem kleinen Puppengeschirr am Puppenwagen angebunden, damit es nicht herausfallen kann …«

Dr. Brendel schloss gepeinigt die Augen. Eigentlich, dachte er, kann man es sich kaum vorstellen, dass eine erwachsene Frau sich so dämlich benimmt. Aber dafür verstand sie vielleicht etwas von englischer Grammatik. Kein Mensch kann alles im Leben wissen …

»Binden Sie das Kätzchen los, Frau Malzahn, und setzen Sie es auf den Boden. Lassen Sie es in Ruhe.«

»Aber wenn es verhungert! Es sieht schon so dünn aus, das arme Ding …«

»So schnell verhungern Katzen nicht. Wann haben Sie Ihren Unterricht beendet?«

»Um halb eins … nein, warten Sie, heute eine Stunde eher. Um halb zwölf. Also, ich könnte um zwölf Uhr zu Hause sein.«

»Gut. Dann bin ich um zwölf Uhr bei Ihnen.«

»Ich wohne hinter dem Deich, im Haus Nr. 17. Das neue rote Mietshaus mit dem weißen Gartenzaun.«

»Ich weiß Bescheid, ich werde pünktlich sein.«

Als der Doktor eben auflegen wollte, sagte die Lehrerin noch hastig: »Oh … entschuldigen Sie, Herr Doktor … noch eine kleine, winzige Frage …« Dolly zögerte. Es war ihr sichtlich peinlich weiterzusprechen. »Es geht noch … es geht noch um eine

Kleinigkeit… ich meine, dieses Kätzchen wird sicherlich nicht den Gebrauch der Toilette kennen…«

Dr. Brendel musste plötzlich grinsen. »Ich glaube, davon können Sie ausgehen, Frau Malzahn.«

»Ja. Eben. Darüber mache ich mir gerade Gedanken. Ich meine, was tue ich am besten, wenn das Kätzchen jetzt sein Geschäft machen muss? Ob ich ihm ein Tellerchen hinstelle? Oder ein Schüsselchen?«

»Ich fürchte, das wird die Katze nicht verstehen.«

»Also dann… Sie meinen, ich sollte ihm ein Gummihöschen anziehen? Möglich, dass ich noch ein paar Babysachen von meiner Nichte in der Wäschetruhe habe… vielleicht sogar noch eine schöne weiche Windel…« Frau Malzahn lachte glücklich. »Ja, das ist eine wunderbare Idee, nicht wahr? Also dann bis um zwölf, Herr Doktor.«

Dolly war an diesem Vormittag irgendwie ganz außer Atem. Ihr Gesicht wirkte noch rosiger als sonst, beinahe, als ob es glühte, und sie schaute alle zehn Minuten auf die Uhr. Molle merkte, dass sie gar nicht bei der Sache war, als sie ihre Hausarbeit vorlas. Dabei war es eine ganz besonders gute Hausarbeit. Als sie mit dem Vorlesen fertig war, klappte sie stolz ihr Heft zu und setzte sich wieder.

Dolly schaute auf die Uhr, dann strich sie eine Haarlocke hinter das Ohr. »Gut, Molle. Sehr gut.«

Molle lächelte. Sie wartete darauf, dass Dolly ihr kleines rotes, ledergebundenes Notizbuch zücken und eine Note eintragen würde. Aber Dolly war anscheinend mit ihren Gedanken nicht bei der Sache, immer wieder ging sie zum Fenster und schaute sinnend hinaus. Sie merkte nicht, dass Karin und Petra ungeniert miteinander schwatzten und dass Tim die Zeit nutzte, um seine Mathehausaufgaben zu beenden. Lilian las unter dem Tisch ein Comicheft und kicherte dabei still in sich hinein. Normalerweise hätte Dolly einen Tobsuchtsanfall bekommen, aber an diesem Tag waren ihre Gedanken ganz woanders.

Als sie eine Weile gar nichts gesagt hatte, fiel ihr das eigene Schweigen auf. Sie räusperte sich und klatschte in die Hände. »Also, Kinderchen, jetzt wollen wir mal in unserer Grammatik weitermachen. Wir schlagen alle das Buch auf Seite 84 auf …«

Molle schaute der Lehrerin zu, wie sie es sich an ihrem Pult bequem machte, die Brille auseinander klappte und aufsetzte. Dann stand sie auf und ging nach vorn.

»Entschuldigen Sie …«

»Ja? Molle, was ist?« Erstaunt schaute Dolly sie über die Brillenränder an. »Hat dein Vater dir eine Nachricht für mich mitgegeben?«

»Mein Vater?«, fragte Molle verwirrt. »Was hat denn mein Vater damit zu tun?«

»Wegen des Kätzchens.« Sie stutzte und schaute in Molles verblüfftes Gesicht. »Ach, du weißt wahrscheinlich gar nicht Bescheid.«

»Ich habe keine Ahnung. Worum geht es eigentlich?« Molle war vollkommen verwirrt.

»Nichts«, antwortete Dolly hastig. »Gar nichts. Geh an deinen Platz zurück, Molle, und konzentrier dich auf die Lektion.«

»Ich habe nur eine Frage, Frau Malzahn.«

»Ja bitte?« Dolly schaute auf einmal wieder ganz streng. Eben wie eine Lehrerin, die nicht unnötig belästigt werden möchte.

»Ich glaube … ich meine … also, ich habe nicht gesehen, dass Sie mir für meine Hausarbeit eine Note eingetragen haben …«

»Eine Note?«, fragte Dolly verwirrt. »Was denn für eine Note?«

»Nun …« Molle spürte, wie auf einmal ein neugieriges Schweigen in der Klasse herrschte. Sie dämpfte ihre Stimme. »Wir wissen doch alle, dass Sie immer Noten in Ihr rotes Büchlein eintragen. Immer wenn ich etwas nicht gekonnt habe, dann habe ich sofort eine Fünf bekommen. Aber jetzt, wo gute Noten für mich doch so wichtig sind… jetzt tragen Sie auf einmal gar nichts ein…« Molle hätte am liebsten im Erdboden versinken mögen unter dem Blick, den Dolly ihr zuwarf. Sie konnte ihren Mut selbst nicht fassen.

Es dauerte eine Ewigkeit, bis Dolly reagierte.

»Mein rotes Büchlein…«, sagte sie gedehnt. »Ihr wisst es also… ihr habt es also immer beobachtet…«

»Natürlich, das war doch kein Kunststück«, sagte Molle. Jetzt war ihr schon alles egal. »Ich habe doch nicht die ganze Zeit gepaukt für nichts und wieder nichts.«

Dolly lächelte plötzlich. »Du hast Recht. Ich glaube, ich habe es einfach vergessen. Ich bin erstaunt. Du hast dich zu einer fleißigen Schülerin entwickelt, Molle. Ich werde es deinem Vater heute Mittag sagen, wenn er mich besucht. Er wird sich sicher freuen, denke ich.«

Molle stockte der Atem. Hatte sie sich eben verhört? Oder hatte Dolly tatsächlich gesagt, dass ihr Daddy heute Mittag zu ihr kommen würde?

Sie fuhr sich mit der Zunge über die trockenen Lippen. »Mein Vater… Sie meinen… also, mein Vater…«

Dolly lächelte. Ihre Augen blitzten über den Brillenrand Molle an. »Dein Vater. Genau. Er wird mich heute Mittag besuchen. Ich freue mich sehr. Er ist ein sehr guter Tierarzt, nicht wahr? In meinem Haus schwärmen alle von ihm.«

Molle nickte schwach. Sie hatte auf einmal ganz weiche Knie. Sie drehte sich um und ging mit gesenktem Kopf zu ihrem Platz zurück.

Als sie stumm das Grammatikbuch aufschlug, wisperte Peggy: »Worüber habt ihr geredet?«

Molle schüttelte nur unwirsch den Kopf. »Später«, formten ihre Lippen. »Nicht jetzt.«

»Also, was ist los?« Peggy bestürmte Molle, als sie das Klassenzimmer nach der Englischstunde verließen. »Was habt ihr da vorne zu quatschen gehabt? Ich hab kein Wort verstanden. Das war ja bloß ein Flüstern! Seit wann habt ihr Geheimnisse?«

»Wir beide haben überhaupt keine Geheimnisse«, murmelte Molle. »Aber es scheint so, als ob Daddy und sie Geheimnisse haben.«

»Was?« Peggy bekam kugelrunde Augen.

»Ja. Daddy kommt heute Mittag zu ihr. Zum Mittagessen wahrscheinlich.« Molle raufte sich die Haare. »Ich kann es einfach nicht fassen! Irgendwie klang es so, als wenn die beiden dicke Freunde wären! Und wir haben davon nichts gewusst!« Sie blieb stehen und blickte Peggy fassungslos an.

Peggy schluckte. »Das ist der Wahnsinn«, flüsterte sie. »Der helle Wahnsinn … ich kapier das nicht … Was machen die beiden zusammen? Kannst du dir das vorstellen?«

Molle schüttelte den Kopf. »Ich kann mir alles vorstellen. Aber nicht, dass mein Daddy und diese blöde, aufgetakelte Dolly irgendetwas miteinander haben …«

Peggy legte ihren Arm um Molles Schultern. »Wir kriegen das raus«, sagte sie, bebend vor Empörung.

»Und wie willst du das rauskriegen?«, fragte Molle.

»Na, hinfahren natürlich! Wir sagen nur noch Bimbo und Dany Bescheid. Ab sofort wird Dolly beschattet.« Peggy grinste. »Du hast ja gar keine Ahnung, wie gut ich als Detektivin bin!«

Plötzlich jagte ein Gedanke durch Molles Kopf. Sie rannte

hinter Peggy her. »Glaubst du, die Dolly erzählt meinem Daddy, dass ich sitzen bleibe?«, keuchte sie.

Peggy blieb stehen. Sie schaute Molle mitleidig an. »Das ist doch logisch.«

Logisch?, dachte Molle. Wieso ist das logisch?

6. Kapitel

Dolly parkte ihren roten Fiat vor der Haustür. Als sie eben den Schlüssel in die Wohnungstür stecken wollte, näherte sich ein alter Mercedes, der genauso aussah, wie Dolly sich das Auto eines Tierarztes vorstellte: über und über mit Schlamm bespritzt und bis unters Dach voll gepackt mit Instrumenten und Kartons.

Dolly blieb in der Tür stehen und wartete, bis der Fahrer ausgestiegen war.

Dr. Brendel war ein großer, sportlicher Mann, dessen dunkle Haare an den Schläfen schon grau wurden. Er trug einen weißen Arztkittel über einem karierten Hemd und braune Kordhosen.

»Dr. Brendel?«, fragte Dolly strahlend, als er auf sie zukam.

»Der bin ich.«

Dolly streckte ihm die Hand entgegen. »Und sogar ganz pünktlich! Wissen Sie«, sie schloss die Haustür auf, »ich konnte mich heute gar nicht richtig auf den Unterricht konzentrieren. Dabei hatte Ihre Tochter eine recht hübsche Hausarbeit vorgelesen …«

»Ach ja? Freut mich«, murmelte Dr. Brendel, während er Dolly ins Haus folgte.

»Ich musste immerzu an das kleine süße Kätzchen denken.« Dolly drehte sich kichernd um. »Ich hab mich wahrscheinlich in Ihren Augen ziemlich lächerlich gemacht. Eine Lehrerin, die keine Ahnung hat, wie man mit Haustieren umgeht. Peinlich, peinlich …«

»Mhmh …«, brummte Dr. Brendel. Er schaute sich in der Wohnung um. Hübsch, dachte er.

»Aber ich habe nie in meinem Leben ein Tier besessen, Herr Doktor. Mutter war allergisch gegen Tierhaare, und sie hatte panische Angst, wenn ein Hund oder eine Katze nur in ihrer Nähe waren, das hat sich bestimmt vererbt.«

»Bestimmt«, brummte Dr. Brendel. Er schaute nervös auf die Uhr. In Braderup gab es ein Pferd mit Kolik, der Bauer wartete dringend auf ihn. Er musste sich beeilen. Dolly lief durch die Wohnung. »Na komm, Miez, Miez, wo bist du denn, mein Kätzchen?« Sie öffnete alle Türen, schaute unter den Tisch, das Sofa, die Sessel und rief immerzu: »Na komm, Miez, Miez, komm …«

Dr. Brendel trat in die Küche. Die Küchentür, die zu einem kleinen Balkon führte, stand halb offen. Die Wohnung lag im ersten Stock. Unter der Küche war das Garagendach. Nachdenklich schaute er auf das Garagendach, als Dolly rief: »Sie ist weg, Doktor, das Kätzchen ist weg! Aber das ist doch gar nicht möglich, mit dem kranken Fuß.«

»Vielleicht war der Fuß gar nicht so krank.«

Dolly trat hinter ihn in die Küche. »Aber wie kann sie denn entkommen sein?«

»Zum Beispiel über das Garagendach.« Dr. Brendel trat auf den Balkon hinaus und schaute sich um. In dem Augenblick entdeckte er Peggy und Molle, die gerade um die Ecke bogen.

»Da sind meine Kinder!«, sagte er erstaunt. »Wussten Sie, dass die kommen wollten?«

»Ihre Kinder?« Dolly runzelte die Stirn. »Ach, Molle und Peggy. Das ist aber merkwürdig.«

Molle und Peggy stiegen ab und schoben die Räder über die Straße. Molle deutete auf den alten Mercedes. Sie wandte sich zu Peggy um, die im gleichen Augenblick an dem Haus hochschaute und Dr. Brendel entdeckte.

Dr. Brendel winkte. »Hallo! Was treibt ihr denn hier?«

Peggy wurde rot.

Dolly tauchte jetzt hinter Dr. Brendel auf und beugte sich auch über das Balkongeländer. »Habt ihr eben ein kleines weißes Kätzchen gesehen? Eines, das auf drei Pfötchen läuft? Es ist nämlich entwischt.«

Verlegen schauten Molle und Peggy sich an. Beide schüttelten den Kopf.

»Schaut mal unten in der Garage nach!«, rief Dr. Brendel. »Aber vorsichtig!«

Peggy und Molle gingen die Einfahrt entlang. Das Garagentor war einen Spalt geöffnet. Vorsichtig schoben sie die Tür weiter auf und traten ein. Es war dunkel und roch nach Öl und Benzin. An den Wänden waren Regale und Haken, an denen Gartenschläuche und andere Geräte hingen. Hinten an der Wand lehnten Ersatzreifen.

Peggy und Molle schauten sich in dem dämmrigen Raum um.

»Siehst du eine weiße Katze?«, fragte Molle.

»Nee.«

In diesem Augenblick hörten sie ein leises Miauen. Es war direkt vor Peggys Füßen. Entsetzt sprang sie zurück.

»Da«, stotterte sie. Sie deutete auf ein schwarzes Fellbündel, das aus einem alten Ofenrohr herauskroch.

»Miau ...«, machte das Kätzchen kläglich.

Molle bückte sich. Sie streckte die Hand aus und versuchte, das Kätzchen zu locken. Aber das rollte sich ganz klein zusammen und rührte sich nicht.

»Ich weiß nicht«, sagte Peggy, »aber weiß würde ich die Katze nicht gerade nennen. Eher kohlrabenpechschwarz.«

»So schwarz wie ein Ofenrohr«, stellte Molle fest. »Aber sie hat schöne grüne Augen. Und ganz lange Schnurrbarthaare, schau mal.«

»Fass sie nicht an! Du machst dich ganz dreckig!«, rief Peggy warnend, als Molle noch näher herankroch.

Die Katze fauchte und zeigte ihre kleinen spitzen weißen Zähne.

»Sie hat bestimmt Todesangst ausgestanden hier in der Garage. Ruf Daddy. Schnell!«

»Okay.« Peggy rannte aus der Garage. Sie stellte sich so hin, dass sie zum Balkon hinaufsehen konnte. »Hier ist eine Katze!«, rief sie. »Aber eine schwarze!«

»Das ist sie nicht. Mein Kätzchen war schneeweiß. Ein Angorakätzchen«, erwiderte Dolly.

Peggy grinste. »Wetten, dass sie es trotzdem ist?«

»Unsinn!«, sagte Dolly streng. »Wie kann aus einer weißen Katze innerhalb von drei Stunden eine schwarze Katze werden?«

»Vielleicht war sie beim Frisör und hat sich das Fell inzwischen färben lassen«, meinte Dr. Brendel gutmütig. Er hatte sich inzwischen seine Meinung über die Englischlehrerin gebildet. Er dachte, sie sei irgendwie nicht ganz richtig im Kopf. Das war genau die Meinung, die er schon als Junge von den Lehrern hatte. Aber das ist eine andere Geschichte …

»Sie machen sich über mich lustig, Doktor, das ist nicht nett.« Dolly schmollte. Sie schaute zu Peggy hinunter. »Ist da wirklich keine weiße Katze? Seid ihr sicher?«

»Hier ist eine Katze, die durch ein schwarzes Ofenrohr gekrochen ist«, rief Peggy zu ihnen hinauf. »Was sie ursprünglich mal für eine Farbe hatte, kann man beim besten Willen nicht mehr erkennen. Kommen Sie nun runter oder nicht? Die Katze macht einen ziemlich verstörten Eindruck.«

»Okay. Ich komme.« Dr. Brendel verschwand.

Wenige Augenblicke später tauchte er an der Garagentür auf,

gefolgt von Dolly, die unentwegt irgendwelche Erklärungen abgab. Aber Dr. Brendel hörte ihr überhaupt nicht mehr zu.

»Hier, Daddy«, rief Molle. »Hier ist sie.«

Dr. Brendel kniete neben Molle nieder. Er betrachtete das schwarze, zitternde Kätzchen.

»Warum läuft sie nicht weg?«, fragte Molle. »Man sieht doch, dass sie Angst hat.«

»Vielleicht kann sie nicht«, meinte Dr. Brendel. Er streckte die Hand aus. Sofort fauchte die Katze und sträubte ihr Fell.

Mit einem schnellen Griff hatte Dr. Brendel die Katze am Nackenfell gepackt und trug sie nach draußen ans Licht.

»Mein Gott, das arme Kätzchen!« Dolly schlug die Hände entsetzt zusammen. »Das schöne Fell! Machen Sie sich nicht schmutzig, Doktor!«

Dr. Brendel beachtete Dolly überhaupt nicht. Er trug das Kätzchen zu einer Gartenbank und setzte es ab, aber ohne es loszulassen. Er hob den Kopf.

»Molle, hol mal die Zellstoffrolle aus dem Wagen.«

Molle flitzte los.

Als sie zurückkam, sagte Dr. Brendel: »Reiß immer Stücke ab und gib sie mir.« Vorsichtig säuberte er das Fell der Katze. Allmählich kamen ein paar weiße Haare zum Vorschein.

Aber die Katze wand sich und fauchte und kratzte. Man merkte, dass sie in Panik war. Dr. Brendels Kittel wurde allmählich schwarz, aber das kümmerte ihn nicht. Er untersuchte die Katze gründlich. »Sie hat ein Bein gebrochen«, stellte er fest. »Ein offener Bruch. Schauen Sie mal.« Er legte die Katze auf den Rücken und jetzt konnten sie alle die blutverkrustete Stelle an der Innenseite des Vorderbeines erkennen.

»Glatt durchgetrennt«, sagte Dr. Brendel. »Das sieht nach einer Falle aus. Die Katze muss in eine Falle geraten sein.«

»In eine Falle?«, schrie Dolly entsetzt. »Aber was denn für eine Falle?«

»Keine Ahnung. Eine Fuchsfalle vielleicht. Oder eine Kaninchenfalle. Die Leute kommen ja auf die verrücktesten Ideen.« Er drehte die Katze wieder auf den Bauch. »Ich muss sie mitnehmen und in der Klinik operieren. Das heißt, wenn es überhaupt noch geht. Sie ist in einem ziemlich schlimmen Zustand. Durch den Ruß aus dem Ofenrohr ist jede Menge Dreck in die Wunde gekommen. Das kann eine böse Infektion geben.«

Molle streichelte behutsam den Rücken der Katze. »Das arme Kätzchen«, murmelte sie traurig.

Peggy schaute die Englischlehrerin erstaunt an. »Ich wusste gar nicht, dass Sie eine Katze haben!«

»Sie gehört ja auch nicht mir«, jammerte Dolly. »Sie ist mir gestern zugelaufen. Sie hat gehumpelt, aber ich habe ja nicht gewusst, dass es so eine schlimme Sache ist. Mein Gott, und dann hab ich sie noch zusätzlich gequält, als ich sie in den Puppenwagen getan habe.«

»In den Puppenwagen?«, fragte Molle entsetzt.

»Ihr haltet mich jetzt für ziemlich dumm, nicht?« Dolly lächelte hilflos.

»Na ja. Wie man's nimmt.« Molle hob die Schultern. »Ich weiß zwar, wie man mit Katzen umgeht, aber dafür weiß ich andere Sachen nicht …«

»… zum Beispiel englische Grammatik …« Dolly wollte noch etwas sagen, aber der entsetzte Gesichtsausdruck von Molle verschlug ihr die Sprache.

Während Dr. Brendel die Katze vorsichtig zum Auto trug, drängte Molle die Englischlehrerin zur Seite. »Bitte«, flehte sie, »bitte erzählen Sie meinem Vater nichts!«

»Was soll ich ihm nicht erzählen?«

»Dass ich so schlecht in der Schule bin… und das mit der Zeugniskonferenz.«

Dolly schaute dem Doktor nach, der jetzt am Auto war und sich Hilfe suchend umdrehte. Sie beeilte sich hinterherzulaufen. »Wissen deine Eltern etwa nicht Bescheid?«, rief sie über die Schulter zurück.

Peggy war schon beim Wagen und öffnete die Tür. Sie setzte sich auf den Vordersitz, breitete ein altes Tuch über ihre Knie und nahm die Katze vorsichtig in Empfang.

Molle hielt Dolly fest.

»Bitte«, flehte sie. »Ich konnte es meinen Eltern noch nicht sagen!«

»Und wieso nicht?«

Molle schluckte. »Ich weiß nicht… es war so… ich… ich… hatte Angst.«

Dolly schaute Molle nachdenklich an. Sie seufzte.

»Bitte!«, rief Molle inständig. »Vielleicht schaffe ich es ja! Heute war meine Hausarbeit doch gut! Das haben Sie selbst gesagt!«

»Ja, das stimmt«, gab Dolly unwillig zu. »Aber ein paar Hausarbeiten machen es noch nicht allein. Ich muss deine Leistungen des ganzen Jahres berücksichtigen, und dann ist es ja auch nicht nur Englisch, sondern auch Mathe und Physik…«

»Da lerne ich doch auch!« Molle spürte, wie ihr die Tränen in die Augen stiegen. »Dany übt mit mir Physik und Bimbo Mathe! Ich hatte in der letzten Mathearbeit zwölf Punkte!«

Dr. Brendel drückte ungeduldig auf die Hupe. »Kommst du endlich, Molle?«

»Versprochen?«, flüsterte sie. »Dann verspreche ich Ihnen auch, dass ich mich um das Kätzchen kümmere.«

Dolly lächelte. Sie legte Molle ihren Arm um die Schulter.

»Okay. Meine Lippen sind versiegelt. Aber pass auch auf das Kätzchen auf, ja?«

Molle hätte der Lehrerin am liebsten einen Kuss gegeben.

»Danke!«, rief sie glücklich. »Danke!« Sie rannte zum Auto, öffnete die hintere Wagentür und warf sich auf den Sitz. Als Peggy sich umdrehte, zwinkerte Molle ihr zu. Mit den Fingern machte sie das »Victory«-Zeichen.

Dr. Brendel beobachtete seine Tochter im Rückspiegel. »Was sind das denn für Geheimzeichen?«

»Ach nichts, Daddy. Gar nichts. Fahr ruhig los. Ich hab Dolly übrigens versprochen, dass wir uns um die Katze kümmern, als wäre es unsere eigene.«

Als sie um die Ecke bogen, rief Peggy plötzlich: »Unsere Fahrräder!«

»Himmel!« Dr. Brendel trat auf die Bremse. Er schaute sich zu Molle um. »Kannst du mit einer Hand fahren und mit der anderen ein Rad neben dir herführen?«

»Klar.« Molle stieg wieder aus. »Ich kann alles, wenn ich will. Fahrt schon mal los. Ich bin in einer halben Stunde bei euch. Und behandelt ja das Kätzchen gut! Ich hab's der Dolly versprochen!«

Als Dr. Brendel seinen Wagen vor der Scheune zum Stehen brachte, stürzte ihm Karl händefuchtelnd entgegen.

»Dat war aber Tid, Doktor!«, keuchte er. »Ich glaub, dat geit los!«

»Was?« Dr. Brendel stieg aus dem Auto und ging zur Beifahrertür. Behutsam nahm er Peggy das Kätzchen ab, das in das Tuch gewickelt war. »Wat geit los, Kalle?«

»Mit de Stut … ich glaub, dat Fohlen kümmt bald.«

»Was?«, kreischte Peggy. Sie fiel vor Aufregung beinahe aus dem Auto, stolperte, rappelte sich auf und raste über den Hof zum Pferdestall. Die Stalltür war sperrangelweit geöffnet. Peggy stürzte den Stallgang entlang und blieb atemlos vor der Box stehen.

Klärchen lag auf der Seite, den Kopf weit zurückgebogen, und stöhnte.

Peggy hatte noch nie ein Pferd so stöhnen gehört. Sie öffnete ängstlich die Boxentür und schlich hinein. Das Stroh raschelte unter ihren Füßen, aber Klärchen bemerkte es nicht.

Ihr Fell war ganz nass von Schweiß. Zwischen den Flanken waren weiße Schaumbläschen. Sie hatte die Nüstern weit von den Zähnen zurückgezogen, dass man das hellrosa Zahnfleisch sah, die Augen waren verdreht. Einen Augenblick dachte Peggy, ihr Herz bliebe stehen vor Schreck. Sie wagte nicht, näher heranzugehen. Hinter sich hörte sie, wie die beiden Männer sich im Laufschritt näherten.

»Wann hat es angefangen?«, fragte Dr. Brendel.

»Vor 'ner Stund. Wie hebt Se överall söcht, Doktor, aber wie hebt Se nich gefunden. Übrigens, der Koliker beim Noderhof-Bauern ist wieder in Ordnung, hat eben angerufen.«

Dr. Brendel wischte sich über die Stirn. »Gott sei Dank«, murmelte er, während er in Klärchens Box trat. Den hatte er in der Aufregung vollkommen vergessen.

Er kniete neben der Stute und legte seine Hand auf ihren Bauch. Ein Zucken lief über das Fell. Und plötzlich krampfte die Stute sich zusammen, ihre Beine wurden ganz steif, Klärchen versuchte, den Kopf zu heben, und stieß einen Schmerzensschrei aus, und Peggy biss sich vor Schreck auf die Lippen, dass es blutete. Der Krampf dauerte nur ein paar Sekunden, dann fiel der Kopf wieder ins Stroh, und sie atmete nicht mehr.

»Stirbt sie?«, wisperte Peggy. Tränen schossen ihr in die Augen.

Dr. Brendel schüttelte den Kopf. »Das war eine Wehe«, sagte er. »Hol ein paar Eimer warmes Wasser. Kalle, besorg die Stricke. Und das Gummilaken. Und hol aus der Klinik das Geburtsbesteck.«

»Geit in Ordnung, Chef.« Kalle verschwand. Peggy schleppte einen Eimer lauwarmes Wasser nach dem anderen an.

»Einen sauberen Schwamm«, befahl der Doktor. Er wusch Klärchens Schweif und ihr ganzes Hinterteil. Er tat das sehr sorgfältig und ganz ruhig. Peggy zitterte am ganzen Körper. Sie konnte nicht verstehen, dass der Doktor in diesem aufregenden Augenblick so ruhig blieb. Klärchen hatte die Augen verdreht. Es sah schrecklich aus. Und sie stöhnte immerzu und grub ihren Kopf tief in das Stroh.

Kalle kam mit den Stricken. Fachgerecht knotete er die Enden um die Hufe der Hinterbeine und zog sie über den Rücken nach vorn. »Setz dich auf den Hals, Kalle«, sagte Dr. Brendel.

Er öffnete die Tasche mit dem Besteck für Stutengeburten. Riesige blitzende Instrumente, Zangen und Sonden kamen zum Vorschein. Peggy wandte den Kopf ab.

»Ich glaube, mir wird schlecht …«, murmelte sie. Im nächsten Augenblick stürzte sie schon auf die Stallgasse, hielt sich an der Futterkrippe fest und atmete ganz tief durch.

»Ruf in der Schule an!«, rief Dr. Brendel. »Sie sollen Bimbo Bescheid sagen!«

Peggy nickte. Sie schluckte. »Aber sie schreiben heute gerade einen Deutschaufsatz.«

»Dann soll sie sich eben mit ihrem verdammten Aufsatz beeilen, wenn sie zusehen will, wie ihr Fohlen geboren wird. Einen Aufsatz kann man hundertmal schreiben. Aber ihr Pferd bekommt wahrscheinlich nur einmal ein Fohlen.«

Peggy nickte. Verwirrt fuhr sie sich mit den Fingern durch die Haare. Sie wagte nicht mehr, in die Box zu schauen. Sie hörte das

Klappern der Zange und Klärchens Schmerzensschreie. Es war furchtbar. Mit einem Huf stieß Klärchen den Wassereimer um, und Kalle fluchte, weil das Wasser ihm in die Gummistiefel lief. »So 'n Schietkram! Nu heb ick nasse Föt!«

»Wie lange dauert es noch, Chef?«, fragte er ein Weilchen später.

»Keine Ahnung. Vielleicht eine halbe Stunde, vielleicht drei Stunden.«

»Drei Stunden hält die Stute nicht aus«, meinte Kalle. »Sie pumpt so komisch.«

»Das merke ich auch.« Dr. Brendel kam aus der Box und lief an Peggy vorbei. Er rannte über den Hofplatz und verschwand in der Klinik.

Peggy ging zur Box zurück. »Was macht er jetzt?«, fragte sie ängstlich und vermied es, die Stute anzusehen. Der Anblick schnitt ihr ins Herz.

»Keine Ahnung. Holt 'ne Spritze, nehm ich an. Die alte Lady hat ein schwaches Herz. Tut ja auch verdammt weh, so eine Geburt…« Kalle zwinkerte ihr zu. »Aber dat geit schon gut, min Deern. Nun wien man nich…«

Tapfer schluckte Peggy ihre Tränen herunter. Sie lächelte schwach. »Ich ruf jetzt mal in der Schule an«, flüsterte sie und verschwand.

Bimbo saß über ihrem Aufsatzheft. Sie hatte schon fünf Seiten geschrieben.
Das Thema lautete: »Was können wir tun, um die Nordsee zu retten?«

Eigentlich war es ein gutes Thema. Immerhin hatte Bimbo schon ihren Vater zu der Seehundstation begleitet und hatte Wasservögel gesehen, die in einen Ölteppich geraten und mit ölverschmiertem Gefieder kläglich am Strand verendet waren, ohne dass man ihnen helfen konnte.

Sie wusste eine ganze Menge über die Gifte, die von den Schiffen in die Nordsee gepumpt wurden, und von dem Dreck, der mit den Flüssen ins Meer geschwemmt wurde. Aber das Thema hieß ja: »Was können wir tun, um die Nordsee zu retten?«

Bimbo kaute an ihrem Kugelschreiber. Bislang hatte sie nur aufgezählt, was alles falsch lief. Ihrer Meinung nach. Aber wie konnte man es besser machen? Wie konnte sie, Bimbo Brendel, etwas gegen die Verschmutzung der Nordsee tun? Ihr fiel beim besten Willen nichts ein.

Der Deutschlehrer wandelte, die Arme auf dem Rücken verschränkt, zwischen den Tischen hin und her. Manchmal schaute er den Schülern über die Schulter, und hin und wieder deutete er wortlos auf einen Fehler, den die Schüler mit rotem Kopf dann hastig korrigierten.

»Na, Bimbo, schon fertig?«, fragte der Deutschlehrer.

Bimbo seufzte. »Der erste Teil ging prima. Aber jetzt ist mein Kopf irgendwie leer.«

Es klopfte an der Klassenzimmertür. »Ja?«, rief der Lehrer ungehalten. »Wer ist da?«

Fräulein Jacobi, die Schulsekretärin, steckte ihren Wuschelkopf durch die Türspalte. »Störe ich?«, flüsterte sie ehrfürchtig, als sie die Stille in dem Raum bemerkte.

»Natürlich stören Sie. Wir sind mitten in einer Klassenarbeit«, sagte der Deutschlehrer unwirsch.

»Ich hätte Sie gerne eine Sekunde gesprochen.«

»Gut. Ich komme. Warten Sie bitte draußen.«

Alle Schüler hatten inzwischen ihre Kugelschreiber hingelegt, dankbar für die Unterbrechung.

»Schreibt ruhig weiter! Lasst euch nur nicht stören! Ich bin sofort wieder da!«, rief der Lehrer. Er eilte hinaus und im gleichen Augenblick erhob sich im Klassenzimmer ein Stimmengewirr, Gemurmel und Gestöhne.

»So ein blödes Thema!«

»Da kann man doch bloß schreiben, was sowieso jeden Tag in der Zeitung steht!«

»Selber schuld.«

»Kann mal einer sagen, wie dieses doofe Gift heißt, das immer in die Nordsee gekippt wird?«

»Dioxin, glaube ich.«

»Nee, in die Nordsee kippen sie bloß Klärschlamm ...«

»Hat jemand einen Kaugummi? Ich habe einen total trockenen Hals ...«

»Macht doch mal das Fenster auf! Man erstickt hier ja!« Der Deutschlehrer kam zurück. Er zog die Tür hinter sich zu und blickte sich strafend um. »Kann man euch denn keine Minute allein lassen? Na ja, es geht ja nicht um meine Zensur, sondern um eure, ihr müsst ja wissen, was ihr tut.« Er schaute zu Bimbo hinüber. »Beatrice, es wurde eben vom Süderhof angerufen.«

Sofort hob auch Dany den Kopf. »Ist was passiert?«, rief er erschrocken.

Bimbo sprang auf. »Etwas mit Klärchen?«, fragte sie ängstlich. Ihr war sofort klar, dass etwas Aufregendes passiert war, sonst hätte bestimmt niemand mitten im Unterricht angerufen.

»Wenn diese Stute, die ein Fohlen bekommt, Klärchen heißt«, sagte der Deutschlehrer, »dann hast du Recht.«

Bimbo und Dany, die ziemlich weit voneinander entfernt saßen, tauschten Blicke.

»Ja?«, hauchte Bimbo atemlos. »Und weiter?«

»Anscheinend ist es mit der Geburt bald so weit. Dein Vater scheint zu denken, dass es für euch Kinder wichtiger ist, bei einer

Geburt dabei zu sein, als einen anständigen Deutschaufsatz zu schreiben.«

Bimbo wurde feuerrot vor Aufregung.

»Ist das Fohlen schon da?!«, rief sie.

»Eben jedenfalls noch nicht.« Der Deutschlehrer war gereizt. »Ich möchte daraus auch kein Thema machen. Es bleibt eurer Entscheidung überlassen. Ihr könnt eure Arbeit zu Ende schreiben, wie man es von einem disziplinierten Schüler erwartet, oder das Heft jetzt abgeben und heimfahren ... Ich werde euch natürlich für die Arbeit keine Punkte geben können. Und das wäre auch ...« Seine Worte verhallten ungehört.

Bimbo hatte schon hektisch ihre Sachen zusammengesucht; sie machte einen großen Strich quer über die leere Seite, klappte das Aufsatzheft zu und trug es nach vorn.

Ungeduldig schaute sie sich zu Dany um. »Was ist? Kommst du?«

Dany zögerte. »Ich weiß nicht ... Ich bin gerade mitten im Satz ...«

Bimbo warf ihm einen flammenden Blick zu. »Mach doch, was du willst«, brummte sie und rannte zur Tür. »Mein Platz ist jetzt jedenfalls bei Klärchen ...« An der Tür fiel ihr noch etwas ein. Sie drehte sich um und strahlte den Lehrer an. »Danke, dass Sie so viel Verständnis haben, Herr Kohl!«

»Aber ich habe gar kein Verständnis! Ganz im Gegenteil! Ich halte es für eine große Dummheit, einen Aufsatz wegen ...« Die Tür fiel ins Schloss. Bimbo war draußen. Sie merkte gar nicht, dass sich auch Dany erhoben und seinen Aufsatz nach vorn getragen hatte.

Im Sturmschritt raste Bimbo über die Flure, jagte die Treppe hinunter, übersprang die letzten Stufen und stieß die Glastüren auf, die zum Fahrradhof führten. Im Laufen rutschte ihr die

Schulmappe immer wieder unter dem Arm weg, ihre Kniestrümpfe ringelten sich um die Knöchel und ihre Schnürsenkel lösten sich. Aber Bimbo achtete nicht darauf. Sie schwang sich auf das Rad und fuhr, als wäre der Teufel hinter ihr her. »Ich komme, Klärchen, ich komme!«, keuchte sie. »Warte noch so lange mit dem Fohlen. Bitte! Bitte! Ich will doch dabei sein, wenn es auf die Welt kommt!«

7. Kapitel

Die Stute lag schwer atmend in der Box. Ihre Augen waren so verdreht, dass man nur noch das Weiße des Augapfels sah. Molle wagte gar nicht hinzusehen. Sie fand, irgendwie sah Klärchen fürchterlich aus.

Im Abstand von wenigen Minuten verkrampfte sich die Stute und dann lief ein Zucken über ihren ganzen Körper.

Dr. Brendel, der seine Hand auf den dicken Bauch der Stute gelegt hatte, feuerte Klärchen jedes Mal an. »Gut, altes Mädchen! Brav!«, rief er laut. »Brav! Nur weiter!«

Manchmal stieß Klärchen einen Schmerzensschrei aus, dann bäumte sie sich auf und fiel erschöpft wieder ins Stroh. Ihr Fell glänzte von Schweiß.

Kalle, der jedes Mal, wenn die Wehen kamen, die Stricke fest anzog, damit die Stute nicht ausschlagen konnte, hatte vor Anstrengung ein feuerrotes Gesicht.

»Lang halt ick dat nich ut, Chef«, brummte er.

Aber Dr. Brendel achtete gar nicht auf ihn.

Auch der Schweif war mit einem Strick hochgebunden. Peggy verscheuchte mit einer Fliegenklatsche die Plagegeister, die sich auf dem schweißnassen Fell niederlassen wollten.

Bimbo kam genau in dem Augenblick, als Dr. Brendel, den Arm mit einem ellbogenlangen Gummihandschuh geschützt, die Stute gerade wieder untersuchte. Klärchen stöhnte und versuchte auszuschlagen. Aber Kalle zog die Stricke fester.

»Tu ihr nicht weh, Kalle!«, schrie Bimbo. Sie starrte fassungslos auf das Bild, das sich ihr bot. Dann warf sie sich ins Stroh und schlang ihre Arme um Klärchens Hals. »Bald ist alles gut, meine Süße, meine tapfere Alte«, flüsterte sie in Klärchens Ohr.

Einen Augenblick rollten Klärchens Augen wieder zurück und die Anspannung wich aus ihrem Körper. Ihre Ohren zitterten leise.

»Jetzt bin ich bei dir. Jetzt pass ich auf dich auf«, flüsterte Bimbo beschwörend. »Alles ist gut, altes Mädchen, alles ist gut.« Sie küsste Klärchens Nüstern. Klärchen versuchte, den Kopf ein paar Zentimeter zu heben. Ganz leise und zärtlich wieherte sie.

Bimbo strahlte die anderen an. »Habt ihr es gehört? Sie hat mich erkannt! Sie hat gewiehert!« Gerührt gab sie Klärchen noch mehr Küsse.

»Jetzt ist keine Zeit für Sentimentalitäten, Bimbo«, sagte ihr Vater streng. »Du musst da weggehen. Ich kann ihre Atmung sonst nicht kontrollieren.«

»Geht es ihr schlecht?«, fragte Bimbo, hastig aufspringend.

»Nicht besonders jedenfalls. Die Geburt nimmt sie mehr mit, als ich dachte. Wir werden ihr später eine ganze Menge Aufbaumittel geben müssen.«

Dr. Brendel hockte sich neben Klärchens Kopf und legte seine Finger auf die Halsschlagader, um den Puls zu messen. Molle fand, dass er ein sehr besorgtes Gesicht machte. Keines der Kinder sagte ein Wort. Stumm, mit angespannten Mienen, standen sie herum.

Nur Kalle fluchte vor sich hin. Aber Kalle fluchte oft, das hatte nicht viel zu bedeuten.

Plötzlich verkrampfte die Stute sich wieder. Aber stärker als vorher, ein heftiges Zucken lief über ihren Bauch, und es sah aus, als ob ihr Bauch auf einmal eine andere Form hätte.

»Das Fohlen hat sich gedreht!«, rief Dr. Brendel aufgeregt.

»Endlich!« Er sprang auf. »Schnell, Bimbo! Die dünnen Kälberstricke!«

»Aber wo sind die?«, rief Bimbo ängstlich.

»Drüben in der Scheune. Rechts am Haken!«, schimpfte Kalle. »Weißt du das immer noch nicht? Wie alt seid ihr Deems eigentlich? Da hängen die Kälberstricke schon seit fünfzehn Jahren!«

»Du kannst ja sogar Hochdeutsch sprechen«, meinte Dany grinsend.

»Aber nur, wenn ich wütend bin«, knurrte Kalle.

Bimbo war schon losgerannt. Rechts am Haken neben der Scheunentür hingen lauter verschiedene Stricke. In ihrer Aufregung hatte sie keine Ahnung, welche die richtigen waren. Sie nahm einfach das ganze Bündel und raste damit zurück zum Pferdestall.

Dr. Brendel wartete schon auf sie. »Was soll das denn?«, fragte er stirnrunzelnd.

»Ich wusste nicht, welches die richtigen sind.«

Dr. Brendel nahm wortlos zwei weiße Nylonstricke und drückte sie Dany in die Hand.

»Die wäschst du in dem Eimer mit der Seifenlauge, aber gründlich, verstanden?«

Dany gehorchte sofort.

Dr. Brendel kniete hinter der Stute und beobachtete sie, eine Stoppuhr in der Hand.

»Die Wehen kommen jetzt alle zwei Minuten«, erklärte er. »Und die Atmung wird immer flacher.«

Klärchen hatte während der letzten Wehen nicht mehr den Kopf gehoben und auch keinen Versuch mehr gemacht, die Fesseln abzustreifen. Beinahe teilnahmslos lag sie da.

»Passt auf die Hufe auf!«, rief Dr. Brendel. »Ich bin sofort zurück.«

Bimbo lief ihm hinterher. »Was machst du, Daddy?«, rief sie angstvoll. »Du kannst Klärchen doch jetzt nicht allein lassen! Ich glaube, sie stirbt!«

»Dagegen will ich ja etwas unternehmen.« Dr. Brendel stürmte in das Behandlungszimmer. In der Ecke, in einem kleinen Kasten, saß eine rußschwarze Katze und starrte dem Tierarzt und Bimbo angstvoll entgegen.

»Was ist das denn?«, fragte Bimbo entsetzt, mit einem Blick auf das Tier.

»Das ist eine Katze«, sagte Dr. Brendel. Er öffnete den Glasschrank und holte eine Flasche mit einer durchsichtigen Flüssigkeit heraus. Dann nahm er eine Ampulle, sägte die Spitze ab und zog den Inhalt auf eine Spritze.

»Die Katze von Dolores Malzahn.«

»Dolly?«, fragte Bimbo fassungslos. »Seit wann hat die denn eine Katze? Die weiß doch nicht einmal, wie man mit Stofftieren umgeht.« Bimbo beugte sich über die Katze.

»Stimmt, deshalb haben wir sie auch mitgenommen. Sie kommt gleich dran, wenn das Fohlen da ist. Eins nach dem anderen. Ich kann schließlich nicht zaubern.«

Bimbo spürte, dass ihr Vater gereizt war. Sie zog es vor, nichts mehr zu sagen.

»Hier. Trag das.« Dr. Brendel drückte Bimbo einen langen Gummischlauch in die Hand. Er selber nahm die Spritze und die Flasche und dann liefen sie zum Stall zurück.

»Schnell, Daddy!«, rief Molle angstvoll. Sie wartete schon vor der Stalltür. »Klärchen sieht ganz schlecht aus!«

Dr. Brendel brummte nur etwas. Er schob Molle zur Seite und eilte die Stallgasse hinunter. Dany und Peggy schauten ihm entgegen. Beide hatten vor Angst ganz weiße Nasen.

»Her mit dem Schlauch, Bimbo!«, rief Dr. Brendel. Er führte

eine Injektionsnadel in die Schlagader, schraubte das Schlauchende daran und verband den hinteren Teil mit der Flasche. »Dany«, sagte er.

»Ja?« Dany war sofort neben ihm.

»Du stellst dich hierhin und hältst die Flasche hoch. Immer schön darauf achten, dass kleine Bläschen entstehen, klar? Wenn keine Bläschen mehr kommen, sagst du mir sofort Bescheid. Dann ist die Nadel verrutscht.«

»In Ordnung.« Dany nahm vorsichtig die Flasche und hielt sie am ausgestreckten Arm in die Höhe. Unablässig starrte er auf den Inhalt der Flasche, um die Bläschen zu zählen.

»Sind die Stricke fertig?«, fragte Dr. Brendel.

»Hier.« Peggy hielt sie ihm entgegen. »Ich habe sie mit dem Tuch abgetrocknet.«

»Gut. Danke.«

Dr. Brendel streifte ein paar hauchdünne Gummihandschuhe über. Dann nahm er die Enden der Nylonstricke in die Hand und führte sie langsam in die Gebärmutter der Stute ein. Klärchen stöhnte zweimal kurz, aber dann war sie wieder ruhig.

Der Tierarzt schloss die Augen, um sich besser zu konzentrieren. Bimbo versuchte, am Mienenspiel ihres Vaters abzulesen, ob alles in Ordnung war.

Peggy pirschte sich an Kalle heran. »Was macht er jetzt eigentlich?«, flüsterte sie.

»Er dreht das Fohlen, bis die Vorderbeine nach vorn zeigen, und dann macht er Schlaufen um die Hufe.«

»Und warum?«, fragte Peggy entsetzt.

»Damit das Fohlen bei der nächsten Wehe nicht wieder in den Bauch zurückrutscht. Es muss jetzt raus, sonst hält die Stute das nicht länger aus.«

Peggy nickte. Sie war leichenblass. Sie kauerte sich in die Ecke des Stalles. Vor Aufregung begann sie, an ihren Fingernägeln zu kauen.

»In Ordnung.« Vorsichtig zog Dr. Brendel seine Hand heraus. Er hob den Kopf. »Wer will ziehen?«

»Was?«, fragte Molle schlotternd.

Dr. Brendel zeigte auf die Nylonstricke. »Jeder nimmt einen Strick. Also los. Stellt euch nicht an, Bimbo und Molle. Das ist nicht die erste Geburt, die ihr erlebt, oder?«

»Aber es ist Klärchens erste Geburt«, flüsterte Bimbo. Gehorsam kauerte sie sich hinter die Stute und nahm den einen Nylonstrick in die Hand. Dr. Brendel gab Molle den anderen.

»Nicht ziehen, nur straff halten«, befahl er. »Wenn die Wehe kommt, helft ihr ein bisschen nach. Aber ganz vorsichtig.«

»Woher sollen wir denn wissen, wie das geht?«, wisperte Molle.

»Das merkt ihr schon. Ich kontrolliere. Keine Panik.« Dr. Brendel zwinkerte den Mädchen zu. »Nachher seid ihr stolz, wenn ihr geholfen habt. So etwas vergisst man in seinem ganzen Leben nicht.«

Bimbo lächelte. Sie verstand.

Schulter an Schulter hockten Bimbo und Molle da und starrten auf den Bauch der Stute.

»Wenn sie eine Wehe bekommt, sieht man es zuerst hier.« Dr. Brendel deutete auf eine Stelle. »Darauf müsst ihr achten. Da beginnt das Zucken. Und dann sofort etwas fester gegenhalten. Und am Ende der Wehe ziehen. Sanft, aber fest ziehen. Nicht nachgeben. Zentimeter für Zentimeter müssen wir gewinnen.«

Es war totenstill in der Box.

Peggy kaute an ihren Fingernägeln und Dany starrte auf die Luftbläschen in der Flasche. Kalle zog die Stricke zusammen.

Klärchen war ganz ruhig. Sie hatte die Augen jetzt geschlossen. Eine Fliege krabbelte über ihren Hals. Alle starrten auf die Fliege.

Plötzlich spannte Dr. Brendel sich. »Achtung!«, rief er.

Molle und Bimbo befolgten genau seine Anweisungen.

»Mehr… mehr… ja, so ist es gut… noch mehr… noch ein bisschen… ja… zieht weiter… ja, so… so ist es gut…«

»Aber die Wehe ist doch schon vorbei!«, flüsterte Bimbo.

»Macht nichts. Trotzdem. Jetzt geht es. Passt auf. Es geht… schön weiterziehen… ja… ziehen… ziehen…«

Plötzlich stieß Peggy einen Schrei aus. »Da!«

Dany hätte vor Schreck beinahe die Flasche fallen lassen. Tatsächlich. Der Kopf des Fohlens, eingehüllt in eine durchsichtige Schleimschicht und eine dünne Haut, rutschte langsam aus der Stute heraus. Der Kopf lag zwischen den beiden Vorderhufen, um die die Stricke geknotet waren.

Dr. Brendel schob die beiden Mädchen weg und nahm ihnen die Stricke aus der Hand.

»Den Rest mache ich selbst.«

Er versuchte, den Gebärmuttermund der Stute mit den Händen immer mehr zu weiten. Und nach und nach rutschte das Fohlen einfach heraus und plumpste auf einmal ins Stroh.

»Geschafft!« Kalle wischte sich mit dem Handrücken über die Stirn.

»Schnell! Wasser! Frisches eiskaltes Wasser!«, rief Dr. Brendel.

Er zerriss die dünne Haut, in die das Fohlen eingehüllt war, und reinigte das Gesicht von dem Schleim.

Peggy brachte den ersten Eimer Wasser. Dr. Brendel schüttete ihn einfach über das Fohlen, das sofort zu zucken begann.

»Ach das Arme! Wie brutal!«, flüsterte Peggy.

»Überhaupt nicht brutal. Das muss sein. Noch einen Eimer.«

Peggy rannte wieder los.

Beim zweiten eiskalten Wasserschwall öffnete das Fohlen plötzlich das kleine rosige Maul und stieß einen merkwürdigen, kläglichen Laut aus. Und dann zuckten auch seine Beine.

»Es lebt!«, jubelte Bimbo. »Es lebt!«

Dr. Brendel zog die Nadel aus der Halsschlagader der Stute. »Danke, Dany, gut gemacht«, sagte er knapp.

Dany ließ erschöpft den Arm sinken. Er war ihm schon lange eingeschlafen und krabbelte wie verrückt, aber Dany hatte nicht gewagt, etwas zu sagen.

Er ließ sich einfach neben dem Fohlen ins nasse Stroh fallen und schaute glücklich das neue Lebewesen an.

Auch Klärchen hob plötzlich den Kopf. Sie wandte den Hals und verdrehte die Augen, um ihr Baby zu sehen.

»Zeigt es ihr doch!«, rief Molle. »Sie will das Fohlen sehen!«

»Sie will schließlich wissen, wofür sie so gekämpft und so viele Schmerzen ertragen hat«, meinte Dany.

Bimbo schaute ihren Vater an. »Dürfen wir es anfassen?«

»Klar. Aber lieber erst einmal mit Stroh trockenreiben. Es darf sich nicht erkälten.«

»Ja, wenn du es auch mit kaltem Wasser übergießt! Das war doch brutal!«

»Brutal vielleicht, aber nötig. Durch den Schreck beginnt das Herz zu schlagen.« Dr. Brendel grinste. »Das sind so die kleinen Tricks.« Er schaute zu, wie die Kinder zärtlich mit einer Hand voll Stroh das nasse Fohlen trockenrieben.

»Ich bin gespannt, wie es aussieht. Kann man die Farbe schon erkennen?«

»Ein bisschen rötlich«, meinte Bimbo.

»Nee, schwarz!«, rief Dany. »Das ist doch pechschwarz!«

»Ist es männlich oder weiblich?«

»Ein Sohn«, sagte Bimbo. Sie sprang auf und lief zu Klärchens Kopf. »Herzlichen Glückwunsch, mein Mädchen, du hast einen Sohn! Stell dir vor! Einen schönen, tollen Sohn!« Sie nahm Klärchens Kopf zwischen die Hände und küsste ihre Nüstern.

»Es hat einen kleinen weißen Fleck auf der Stirn!«, rief Molle entzückt. »Und ganz rosige Nüstern.«

»Und weiße Gamaschen!«, rief Peggy. »Ach, sieht das toll aus! Vier weiße Beine! Verrückt!«

Sie konnten sich an dem Fohlen überhaupt nicht satt sehen. Das Tier war noch ganz erschöpft von seiner Reise ans Licht der Welt. Es ließ alles ruhig mit sich geschehen.

»Jetzt ist es trocken«, meinte Dany.

»Okay.« Dr. Brendel bückte sich, hob das Fohlen behutsam hoch und legte es zum Kopf der Stute.

»Hier. Hier hast du deinen Schatz«, sagte er zärtlich. Klärchens Ohren begannen sofort, neugierig zu spielen. Sie beschnupperte den kleinen Kerl, hob den Kopf und wurde ganz aufmerksam. Und wenig später begann sie zärtlich, das Fell ihres Fohlens abzulecken.

Die Kinder, Kalle und der Tierarzt schauten zu.

»Ich kann es immer noch nicht fassen«, flüsterte Bimbo. Ihre Augen glänzten. »Es ist wie ein Wunder, findet ihr nicht?«

»Jede Geburt ist immer wieder ein Wunder«, stimmte Dr. Brendel ernst zu.

Molle nickte. Sie war so gerührt, dass sie einen Kloß im Hals spürte.

Klärchen beschnupperte das Fohlen von allen Seiten. Leise und zärtlich wieherte sie.

Sie versuchte, sich aufzurichten.

»Sie will aufstehen, Gott sei Dank!«, rief Dr. Brendel. Er war sofort bei ihr.

»Nehmt das Fohlen weg, damit sie es nicht tritt.«

Es war nicht so einfach, Klärchen wieder auf die Beine zu stellen. Zweimal knickten ihre Kniegelenke einfach ein.

Aber tapfer versuchte sie es aufs Neue.

»Sie ist sehr schwach«, stellte der Doktor fest. »Ich werde ihr heute Abend noch ein Stärkungsmittel spritzen.«

Aber schließlich stand sie. Sofort schaute sie sich unruhig nach dem Fohlen um. Bimbo bettete es fürsorglich in eine Ecke des Stalles und Klärchen tapste mit unsicheren Schritten darauf zu.

Das Fohlen hob den Kopf. Die Nüstern berührten sich.

»Der erste Kuss!«, flüsterte Bimbo ergriffen. »Ach, ist das süß!«

Dr. Brendel räumte die Stricke und Instrumente zusammen. »Okay. Ich lasse euch jetzt mit den beiden allein. Ihr passt ja auf, oder?«

Bimbo strahlte. »Worauf du dich verlassen kannst, Daddy.« Sie hockte sich in den Stalleingang und starrte die Stute und das niedliche Fohlen an. »Ich glaub, ich geh hier nie mehr weg.«

Gegen sechs Uhr kam Dolly, um das Kätzchen abzuholen. Die Sprechstundenhilfe hatte das Kätzchen schon gebadet und Dr. Brendel hatte über die Wunde ein großes Pflaster geklebt. Ein bisschen nackt war das Kätzchen jetzt zwischen den Vorderbeinen und immer noch verschlafen, aber es schaute schon lange nicht mehr so ängstlich.

Dolly war hingerissen. Sie wagte gar nicht, das Tier zu streicheln, aus Angst, ihm wehzutun.

»Und was muss ich jetzt beachten, Doktor?«, fragte sie.

»Gar nichts. In einer Woche werden die Fäden gezogen und dann ist die Muschi wieder wie neu.«

Dolly lächelte zaghaft. »Aber … ich meine … wie soll ich das Kätzchen behandeln?«

»Ganz normal.« Dr. Brendel drängte Dolly zur Tür. »Machen Sie ja kein Püppchen aus der Katze, sonst wundern Sie sich schrecklich, wenn sie Ihnen zur Strafe eines Tages eine tote Maus auf den Bettvorleger legt.«

Dolly erbleichte. »Eine tote Maus?«, hauchte sie. »Tun Katzen so etwas?«

»Manche schon.« Endlich hatte Dr. Brendel Dolly aus der Tür bugsiert. Sie trug das Kätzchen, in ein Tuch eingeschlagen, auf dem Arm wie ein neugeborenes Baby.

»Und was muss ich Ihnen bezahlen, Doktor?«

Der Tierarzt hob die Schultern. »Gar nichts.«

»Gar nichts? Aber das geht doch nicht! Sie hatten so viel Arbeit und Mühe! Und ich …«

»Sie haben ja auch Arbeit und Mühe mit meinen Kindern, nicht? Das gleicht sich dann aus.«

Dolly blickte den Tierarzt aus ihren großen veilchenblauen Augen verwirrt an. »So viel Arbeit ist das gar nicht … Peggy spricht ja Englisch fast wie ihre Muttersprache … Mit Molle allerdings …« Sie zögerte.

»Ja?«, fragte Dr. Brendel argwöhnisch. »Was ist mit Molle?«

»Na ja.« Dolly lachte verlegen. »Mit Molle ist es nicht so einfach, wissen Sie …« Sie blickte über den Hof, auf die Scheunen, die Ställe, den gepflasterten Platz, die Blumen, den Brunnen. Ein kleines weißes Schaf, das ein rotes Halsband trug, schlenderte seelenruhig über den Hofplatz. Das war Rosi. Im nächsten Augenblick kam Ben angeschossen.

»Rosi! Bleib stehen! Jetzt werden wieder Kunststücke geübt!« Er warf sich auf das Schaf. Übermütig sprang Anuschka um die beiden herum und bellte vergnügt.

»Das«, sagte Dolly, »das ist eine andere Welt hier. Wenn ich das so sehe, verstehe ich, dass die Kinder vom Süderhof an der Schule nicht allzu viel Interesse haben. Das Leben hier ist bestimmt viel spannender als die Schule …«

»… und manchmal auch lehrreicher«, unterbrach Dr. Brendel. »Heute haben die Kinder zum ersten Mal eine Fohlengeburt erlebt. Das werden sie nie vergessen.«

»Eine Fohlengeburt! Wie aufregend!«

»Möchten Sie es sehen?« Dr. Brendel deutete auf den Pferdestall. »Es ist da drüben. Aber legen Sie Ihr Kätzchen erst ins Auto.«

Dolly bettete das Kätzchen auf den Rücksitz und folgte dann dem Tierarzt.

»Hier kommt der erste Gratulant!«, rief Dr. Brendel, als er in die Stallgasse trat.

Dolly folgte dem Doktor auf Zehenspitzen. Als sie in die Box schaute, entdeckte sie alle vier Kinder. Peggy, Molle, Dany und Bimbo hockten nebeneinander wie die Hühner auf der Stange. Sie saßen auf dem Futtertrog und beobachteten das Fohlen, das seine ersten vorsichtigen Gehversuche machte. Immer wieder drohte es einzuknicken, aber Klärchen gab ihm zärtliche und aufmunternde Knüffe in die Seiten, und schon stakste das Fohlen weiter.

»Hallo, Kinder!« Dolly winkte ihnen flüchtig zu und betrachtete dann hingerissen das kleine Fohlen.

»Es hat den Schnuller noch nicht gefunden«, sagte Molle.

»Was? Den Schnuller?« Dolly blickte Molle verblüfft an.

Molle grinste. »Na ja, ich meine das Euter. Es will trinken, aber es weiß nicht, wo die Milch ist.«

Dolly wurde ein bisschen rot. Bimbo und Peggy stießen sich an. Das war wirklich komisch.

Molle sprang vom Futtertrog.

Sanft führte sie das Fohlen an der Stute entlang, nahm den Kopf in die Hände und hielt das winzige rosige Maul nah an das Euter.

Mit zwei Fingern presste sie eine Zitze zusammen und zielte einen winzigen feinen Milchstrahl auf das Maul des Fohlens. Sofort durchlief ein Zittern den zarten Körper.

Dr. Brendel lächelte Molle anerkennend zu. »Gut gemacht, Mädchen«, sagte er. »Jetzt weiß es, wie es gemeint ist.«

»Aber saugen kann es immer noch nicht«, stellte Molle fest.

Das Fohlen spielte am Euter herum, rieb sich die Nase und stieß kleine klägliche Laute aus.

»Ach«, rief Dolly. »Das arme Ding! So unbeholfen!«

»So unbeholfen waren wir alle, als wir auf die Welt kamen«, meinte Dr. Brendel trocken.

Er stützte seine Ellbogen auf den Mauersims und schaute dem Fohlen zu, das immer gieriger und ungeduldiger wurde. Plötzlich stand es ganz starr.

»Jetzt hat er's kapiert!«, jubelte Bimbo. »Er trinkt! Schaut mal! Und wie!«

Auch Klärchen war erleichtert. Sie drehte den Hals und leckte dem Fohlen zärtlich über den Rücken, während es gierig trank.

»Was für ein schönes Bild. Wie rührend.« Es fehlte nicht viel und Dolly hätte ein paar Tränen vergossen.

Molle warf Dolly einen langen Blick zu. Dann zwängte sie sich an der Lehrerin vorbei aus der Box.

»Wohin?«, fragte Dr. Brendel.

»Lernen«, sagte Molle, wieder mit einem bedeutungsvollen Blick auf Dolly. »Ich muss Englisch lernen. Wir schreiben morgen eine Klassenarbeit. Ich will zwölf Punkte schaffen.«

Dolly blickte sich verwirrt um. »Wenn du so gut bist wie

heute Morgen, Molle, dann schaffst du das spielend.« Sie legte ihr einen Arm um die Schultern. »Das rechne ich dir hoch an, dass du selbst an so einem Tag an Englischhausaufgaben denkst. Wirklich. Das rechne ich dir hoch an.«

Molle wurde rot vor Freude. »Danke«, flüsterte sie. Sie rannte aus dem Stall auf das Wohnhaus zu.

Die anderen Kinder blieben noch. »Wir müssen einen Namen für das Fohlen finden«, schlug Bimbo vor. »Jetzt kann es schon stehen und allein trinken und weiß immer noch nicht, wie es heißt.«

»Okay, dabei will ich nicht stören!« Dolly strahlte die Kinder an. »Bis morgen also.« Sie gab dem Tierarzt die Hand. »Danke, Doktor.«

Dr. Brendel lächelte gleichmütig. »Gern geschehen.«

Dolly wandte sich an die Kinder. »Und danke schön, Kinder, dass ich das hier sehen durfte. Wirklich, so süß. Ich werde das Bild nie vergessen. Ein wirkliches Erlebnis.«

Dolly verschwand, man hörte das Klappern ihrer hohen Absätze auf der Stallgasse.

Als auch Dr. Brendel weit genug entfernt war, stieß Dany einen tiefen Seufzer aus. »Mit allen Leuten habe ich gerechnet, aber bestimmt mit keinem Pauker.«

»Und ausgerechnet die Dolly!«, stöhnte Bimbo. »Wo Molle doch schon einen Anfall kriegt, wenn sie nur ihren Namen hört.«

»Die Arme ist ja auch gleich abgehauen.« Dany klopfte sich das Stroh von den Beinen. »Ich werd ihr ein bisschen helfen. Mal sehen, wie sie mit Physik zurechtkommt.«

Bimbo nickte. »Mathe haben wir auch noch nicht geübt. Dieses Fohlen hat uns ganz schön aus dem Rhythmus gebracht.« Sie sprang vom Futtertrog und tätschelte Klärchens Kopf. »Mach's gut, Mami«, murmelte sie zärtlich. »Nachher komm ich wieder und schau mir dein Baby an. Okay?« Klärchen wieherte leise.

»Sie ist schon wieder putzmunter«, stellte Bimbo erleichtert fest. »Ein Glück. Heute Mittag habe ich mir tierische Sorgen gemacht.«

»Meinst du etwa, wir nicht? Ich dachte zwischendurch, mein Herz bleibt stehen.« Peggy tätschelte Klärchens Hals. »Wenn man bedenkt, was wir mit der Stute schon alles erlebt haben …«

»Ich erinnere euch nur an das Strandrennen«, sagte Dany grinsend. »Das war der absolute Wahnsinn! Wie Klärchen gegen die ganze Galopperelite gestartet ist.«

Bimbo kicherte. »Na ja, die Elite war es wohl nicht gerade. Aber richtige Rennpferde waren es auf jeden Fall. Die haben Klärchen doch gar nicht ernst genommen.«

»Die haben gedacht, da kommt irgendein lahmes Pony!« Bimbo feixte. »Aber dass in ihr Araberblut steckt, haben die Zuschauer erst gemerkt, als sie abgezischt ist wie eine Rakete!« Bimbo gab Klärchen einen Kuss auf die Nüstern. »Du bist und bleibst die Größte.«

»Das stimmt.« Dany zog Klärchen ein paar Strohhalme aus dem Schweif. »Aber jetzt ist Molle dran! Es wär doch verrückt, wenn wir alle gemeinsam es nicht schafften, dass sie versetzt wird.«

8. Kapitel

Drei Tage später war Sonntag.

Dany und Molle hatten den Tisch perfekt gedeckt, als die Eltern gähnend und verschlafen in die Küche kamen.

»Hallo, allerseits«, murmelte Sonia Brendel schläfrig. »Ich bin noch todmüde. Wir sind gestern viel zu spät ins Bett gegangen.«

»Selber schuld.« Molle stellte die Kaffeekanne neben ihre Mutter.

Dr. Brendel zerwühlte freundlich Bimbos Lockenkopf. »Ihr seht heute alle irgendwie so frisch aus«, stellte er verblüfft fest. »Ist irgendetwas los?«

In diesem Augenblick entdeckte er auf seinem Teller einen weißen Briefumschlag, auf dem *Einladung* stand.

Verblüfft hob er den Brief auf. »Einladung?«

»Ich auch!«, meinte Sonia Brendel. Sie beäugte den Brief argwöhnisch. »Das sieht irgendwie nach einem Streich aus. Steckt ihr dahinter, Kinder?«

Bimbo steckte zwei Scheiben Weißbrot in den Toaster. »Macht doch auf, dann wisst ihr, was los ist.«

»Ich weiß nicht…« Sonia Brendel machte ein bedenkliches Gesicht. »Wenn das so eine von euren merkwürdigen Überraschungen ist…«

In diesem Augenblick stieß Ben die Küchentür auf. Er trug Sibylle, die Schildkröte, unter dem Arm. Seine Schuhe waren ganz nass vom Laufen durch das feuchte Gras. »Eine Überraschung?«, schrie er aufgeregt. Er setzte die Schildkröte auf dem Boden ab. »Ich will auch eine Überraschung!«

Anuschka, die gerade nach einer Scheibe Fleischwurst schnappen wollte, die Dany ihr verstohlen unter dem Tisch zusteckte, kniff den Schwanz ein und trollte sich. Anuschka konnte mit Sibylle nichts anfangen. Ein Tier, das sich unter einem Panzer versteckte und immer nur leise und stumm daherkroch, das war nichts für den Hund.

»Ja, komm zu mir, Ben.« Dr. Brendel schob seinen Stuhl etwas vom Tisch ab und wartete, dass Ben auf seine Knie kletterte. »Schau, auf diesem Brief steht ›Einladung‹. Und jetzt machen wir ihn einfach auf...« Er nahm sein Frühstücksmesser und schlitzte den Brief auf.

Ben, der gebannt zuschaute, krähte: »Jetzt hast du alles mit Butter beschmiert! Auweia!«

Ben freute sich immer, wenn jemand anderes auch Fehler machte. Aber er angelte sofort nach einer Papierserviette, nahm Dr. Brendel den Brief weg und rieb verbissen darauf herum.

»Nun lest doch endlich.« Dany trommelte nervös mit den Fingern auf den Tisch. »Lies du wenigstens, Tante Sonia.«

»Okay.« Sie öffnete den Brief und nahm ein Blatt heraus. Sie zwinkerte. »Ich brauche meine Brille. Hat jemand meine Brille gesehen? Ohne Brille kann ich nicht lesen, was da steht.« Unsicher schaute sie sich um.

Bimbo stieß einen langen Seufzer aus. »Das Leben mit Eltern ist die reinste Nervensache.«

Peggy hatte die Brille neben den Gewürzgläsern entdeckt. Es gab mindestens fünf Brillen, die aber alle immer an den unwahrscheinlichsten Stellen versteckt waren.

»Bitte, Tante Sonia.«

»Danke, Kind.« Sonia sah Peggy freundlich an. »Also, hier steht...«

EINLADUNG
Am Sonntag, den 2. Juni, findet
auf der Hauskoppel des Süderhofes die
TAUFE
statt.
Sie sind herzlich eingeladen.
Beginn der Feier pünktlich um 16 Uhr nachmittags.

Sonia ließ das Blatt sinken. »Eine Taufe? Ihr wollt eine richtige Taufe feiern? Das ist doch Unsinn.«

»Eine Pferdetaufe natürlich«, sagte Bimbo. »Eine ganz tolle Sache. Also beeilt euch ein bisschen mit dem Frühstück!«

»Kinder! Bitte!« Flehend sah Sonia von einem zum anderen. »Hetzt mich heute nicht, ja? Ich bin wirklich furchtbar müde.«

»Darauf können wir keine Rücksicht nehmen«, meinte Molle streng. »Ich bin auch immer müde, besonders montagmorgens, wenn wir in der ersten Stunde Mathe haben. Und da nimmt auch keiner Rücksicht. Da raucht mein verschlafener Kopf wie eine alte Dampflok und keiner hat Mitleid.«

Sonia Brendel lachte. »Also gut. Ich geb mich geschlagen.« Sie schaute an sich herunter. Sie trug immer noch einen Bademantel und hatte ein Frotteetuch um den Kopf geknotet. »Wie fein muss man sich denn zu der Feier anziehen?«

»Sehr fein natürlich. Wie zu einer richtigen Familienfeier«, erklärte Bimbo. »Und ihr dürft auch Geschenke mitbringen.«

»Geschenke?«, fragte Dr. Brendel entsetzt. »Was denn für Geschenke?«

»Weiß ich doch nicht, lasst euch was einfallen. Also bis gleich.«

Wie der Blitz waren die Kinder vom Frühstückstisch verschwunden.

Ben zappelte so lange, bis Dr. Brendel ihn mit einem Klaps von den Knien scheuchte. »Wartet auf mich!«, rief er und rannte hinter den anderen her.

Dr. Brendel schaute sich um. »Irgendwie«, sagte er stirnrunzelnd, »macht der Tisch einen verwüsteten Eindruck. Dabei haben die Kinder überhaupt nichts gegessen.«

Sonia Brendel schenkte Kaffee ein. »Keine Angst, mein Lieber, die verhungern schon nicht. Nachher werden sie wie die Heuschrecken über die Speisekammer herfallen.« Sie schlug sich gegen die Stirn. »Oh, da werde ich vorher noch schnell das Blech mit dem Hefekuchen in Sicherheit bringen...« Sie ging in die Speisekammer und kam eine Minute später zurück. Ihre Miene drückte äußerste Verblüffung aus.

»Die Speisekammer ist leer«, sagte sie tonlos. »Radikal ausgeräumt.«

Dr. Brendel runzelte die Stirn. »Was bedeutet das?«

»Keine Ahnung.« Sonia Brendel presste ihre Handflächen gegen die Schläfen. »O Gott, ich glaube, ich bekomme schon wieder Kopfschmerzen. Diese Kinder sind wirklich schrecklich.«

Dr. Brendel stand auf. Er nahm seine Frau in den Arm. »Das meinst du natürlich nicht ernst.«

»Natürlich nicht, du Dummkopf.« Zärtlich gab Sonia ihrem Mann einen Kuss. »Wir werden auch diese Familienfeier überstehen.«

»Genau! Wie sagt Ben immer: Ein Indianer kennt keinen Schmerz.«

Einen halben Tag hatten Bimbo und Dany gebraucht, um Klärchen und das Fohlen zur Taufe herauszuputzen. Klärchens Fell war so lange gebürstet und gestriegelt worden, bis es wie brauner Samt schimmerte. Bimbo hatte bunte Bänder in die Mähne und den Schweif geflochten. Und auf dem Kopf wippte als Krönung ein leuchtend blauer Federbusch, genau wie bei einem Zirkuspferd. Auf diesen Federbusch war Peggy sehr stolz. Sie hatte ihn in einer alten Truhe auf dem Dachboden entdeckt.

»Ich würde gern mal wissen, was die damit gemacht haben«, meinte sie.

»Vielleicht hat es ja schon mal eine Pferdetaufe auf dem Süderhof gegeben.«

»Oder eine Zirkusvorstellung«, meinte Dany.

Ben, der den Kindern immer zwischen den Beinen herumlief und eigentlich nur störte, klatschte begeistert in die Hände. »Au ja! Wir machen einen Zirkus!«

»Heute nicht, Kleiner, heute gibt es Pferdetaufe«, sagte Dany.

»Und wann gibt es Zirkus, Dany?«

»Bald.« Dany tätschelte den Kopf seines Bruders.

»Versprochen?«

»Aber klar doch, Kleiner. Nichts leichter, als auf dem Süderhof einen Zirkus zu veranstalten.«

Bimbo, die gerade die zarten Fesseln des Fohlens mit schneeweißen Bandagen umwickelte, schaute um die Ecke. »Zirkus haben wir jeden Tag auf dem Süderhof.«

»Aber ich meine einen richtigen Zirkus mit Elefanten und Akrobaten!«

Ben bückte sich, um Bimbo bei der Arbeit zuzusehen. »Hat das Fohlen sich verletzt? Warum machst du denn einen Verband an alle Beine?«

»Das ist kein Verband, mein Süßer, sondern Zierde. Das Fohlen wird ganz in Weiß geschmückt.« Bimbo lächelte Ben an. »Wie zu einer richtigen Taufe. Als du getauft wurdest, hast du auch ein weißes Kleid angehabt.«

»Weiße Spitze«, sagte Dany. »Und ein weißes Häubchen. Du hast ausgesehen wie eine winzige Omi.«

Ben wurde puterrot. Er rannte auf seinen Bruder zu und trommelte wütend mit den Fäusten auf dessen Rücken. »Ich hab überhaupt nicht ausgesehen wie eine Omi! Du bist ganz blöd!« Schluchzend rannte er aus dem Stall.

»Jetzt hast du es wieder mal geschafft«, meinte Bimbo trocken. »Jetzt heult er.«

»Ach was, Tränen sind gesund.« Dany grinste. »Außerdem weiß ich genau, was er jetzt macht. Er läuft zu seinem Schäfchen und legt sich zu ihm ins Stroh.«

»Das Schäfchen sagt dreimal Mäh und schon ist alles in schönster Ordnung.« Bimbo lachte. Sie trat einen Schritt zurück und schaute das Fohlen an. »Wie sieht das aus mit den Bandagen?«

Das Fohlen stand steif und unsicher mitten in der Box. Es versuchte, zu seiner Mami zu humpeln, blieb aber sofort wieder stehen und versuchte, die Bandagen abzubeißen.

Bimbo schüttelte den Kopf. »Das ist Schwachsinn. Das Fohlen wird überhaupt nicht geschmückt.«

»Ganz meine Meinung. Sieht doch viel süßer aus, so natürlich.«

Bimbo wickelte die Bandagen wieder ab, rollte sie auf und brachte sie in die Sattelkammer zurück.

Als sie wieder in den Stall kam, stand das Fohlen unter dem Bauch der Mutter und nuckelte zufrieden.

»Jetzt ist die Welt wieder in Ordnung«, sagte Dany lächelnd.

Bimbo nahm die Zügel und zog Klärchen sanft aus dem Stall. »Komm, altes Haus. Jetzt wird gefeiert.«

Das Fohlen stolperte hinterher. Es hatte die weiche Nase noch voller Milch.

»Du hättest es wenigstens zu Ende frühstücken lassen können«, meinte Dany vorwurfsvoll, als er hinter den beiden herging.

»Was heißt hier frühstücken? Das ist bestimmt schon die

zehnte Mahlzeit heute. Darauf können wir keine Rücksicht nehmen. Schaust du mal, ob das Gatter offen ist?«

Dany ging voraus. Die Hufe der Stute klapperten auf dem Kopfsteinpflaster. Das Fohlen bewegte sich auf seinen weichen, zarten Hufen fast lautlos.

»Wie eine Antilope«, meinte Bimbo entzückt. »So zart und feingliedrig.«

Klärchen verrenkte sich ununterbrochen den Hals, um sicherzugehen, dass das Fohlen auch folgte. Aber das Fohlen entfernte sich nie weiter als einen Schritt von der Mutter.

Sie überquerten den Hof, gingen an der Scheune vorbei und standen vor der Hausweide. Das weiße Gatter war sperrangelweit geöffnet.

»Sie kommen!«, schrie Molle. Sie ließ alles stehen und liegen und schaute Klärchen hingerissen entgegen. »Meine Güte, sieht die toll aus! Ich kann es überhaupt nicht fassen! Peggy, schau dir mal Klärchen an!«

Peggy kroch unter dem Tisch hervor, der mitten auf der Wiese stand. »Toll«, sagte sie anerkennend. »Echt toll. Aber wir möchten auch mal gelobt werden.«

Mitten auf der grünen Koppel stand ein Tisch, über den ein weißes Bettlaken gelegt war. Das Laken reichte bis an den Boden und war über und über mit Gänseblümchen und gelben Löwenzahnblüten bedeckt. Molle und Peggy hatten jede einzelne Blume angenäht. Auf dem Tisch wanden sich Girlanden von Veilchen und Wiesenschaumkraut. Dazwischen Berge von Butterkuchen, Schokoladenschnitten und Obsttörtchen.

»Mhmh«, machte Dany. »Obsttörtchen. Wo habt ihr die denn her? Waren die auch in der Speisekammer?«

»Nee, die sind eine Spende von Oma Brendel. Die Windbeutel übrigens auch.«

»Toll.« Dany spürte, wie sein Magen knurrte. Sein Magen knurrte immer, wenn er mit Vanillekreme gefüllte Windbeutel sah. Seine Hand zuckte verräterisch, aber er bezwang sich. Er wollte die schöne Dekoration nicht durcheinander bringen.

»Und der Kassettenrekorder?«, fragte er.

»Auf dem Hocker.« Peggy deutete auf einen Holzhocker, der in einiger Entfernung stand. Rechts und links im Gras die beiden Lautsprecherboxen.

Dany ließ seinen Blick anerkennend schweifen. »Sieht aus wie in einem Film«, meinte er. »Echt stark.«

»Kann mal jemand die Stute festhalten?«, fragte Bimbo. »Ich muss dringend aufs Klo.«

»Meine Schwester muss immer aufs Klo, wenn sie aufgeregt ist«, meinte Molle.

Bimbo tat, als hätte sie es nicht gehört. Sie drückte Peggy einfach die Zügel in die Hand und rannte los.

Peggy schaute auf die Uhr. »In zehn Minuten kommen sie, dann muss die Musik sofort voll abgehen. Ein richtiger Tusch! Ich wette, die Eltern machen ganz schön große Augen, wenn sie das hier alles sehen.«

Um eine Minute vor vier erschienen Oma und Opa Brendel. James Bond, der Papagei, hockte auf der Schulter von Oma Brendel und schlug aufgeregt mit den Flügeln.

»Komm her, du alter Dreckspatz!«, schrie er. »Ich will dir das Fell versohlen!«

»Still. Pscht, James Bond«, sagte Oma Brendel streng. »Dies ist eine feierliche Angelegenheit. Das Fohlen wird getauft. Da muss ein Papagei den Schnabel halten.«

James Bond streckte den Hals. »Der alte Seebär ist betrunken!«, kreischte er. »Gib Küsschen, du Dreckspatz!«

Opa Brendel, der an diesem sonnigen Sonntag einen Mantel und einen schwarzen Hut trug, schaute den Papagei unter der Hutkrempe an. »Was sagt er?«, fragte er seine Frau. Opa Brendel war ein bisschen schwerhörig.

»Der alte Seebär ist betrunken!«, brüllte Oma Brendel ihm ins Ohr.

Opa Brendel blieb stehen. »Wer? Der alte Seebär? Welcher alte Seebär?«

James Bond hangelte sich von Oma Brendels Schulter herab auf ihren Arm und von dort hüpfte er auf Opa Brendels Arm. Er legte den Kopf schief, schaute Opa Brendel an und kreischte: »Mann über Bord!«

»Der Vogel ist verrückt«, stellte Oma Brendel fest. »Ich glaube, ich bring ihn wieder nach Hause. Ich hab gedacht, er soll auch mal was erleben, aber er kann sich ja einfach nicht benehmen.«

Als ob James Bond es verstanden hätte, spreizte er die Flügel, dann hob und senkte er sie ein paarmal und flog einfach davon. Da seine Flügel gestutzt waren, konnte er jedoch nicht sehr weit fliegen. Er segelte im Gleitflug über den Hof und landete schließlich in einem Geranientopf.

»Na, du Süßer!«, kreischte er, während er eine Geranienblüte nach der anderen abriss und wegwarf. »Du bist nicht Mamis Liebling!«

Oma Brendel hielt sich die Ohren zu. »Der Vogel macht mich wahnsinnig!«

»Was hast du gesagt?« Opa Brendel stellte das Hörgerät lauter.

»Wahnsinnig!«, brüllte Oma Brendel ihm ins Ohr.

Opa Brendel zuckte zusammen. »Warum schreist du so?«, fragte er vorwurfsvoll. »Ich kann doch gut hören.«

Oma Brendel ging kurz entschlossen zu James Bond, befahl ihm, sich auf ihre Hand zu setzen, und trug ihn wieder ins Haus zurück. James Bond zerkaute fröhlich eine Geranienblüte und schaute sich begeistert um. Er war mit seinem Auftritt offensichtlich sehr zufrieden.

Oma und Opa Brendel stapften durch das hohe Gras auf die Festtafel zu, die mitten auf der Wiese stand.

Kopfschüttelnd schaute Opa Brendel sich die Szene an.

»Früher hätten wir so was nicht gedurft.«

Dany half Opa Brendel auf den Stuhl. »Wieso, Opa, das ist doch nur ein harmloser Spaß. Da passiert doch nichts!«

Opa Brendel schaute auf Klärchen, die wie ein Zirkuspferd ausstaffiert war, und dann auf das kleine Fohlen, das unsicher um die Mutter herumstakste.

»Irgendetwas«, knurrte er, »kann immer passieren.« Dann stellte er sein Hörgerät wieder ab, kreuzte die Arme auf der Brust und hielt sein Gesicht in die Sonne.

»Da kommen die Eltern!«, rief Molle. Sie sah die beiden schon von weitem über den Hofplatz kommen.

»Mami mit Hut!«, schrie Molle. »Mit einem weißen Spitzenhut!«

»Wahnsinn!« Peggy lief zu Molle, um die beiden zu beobachten.

»Daddy im schwarzen Anzug! Finde ich echt toll, dass sie so mitspielen«, sagte Molle begeistert.

»Musik!«, schrie Dany. »Macht die Musik an!«

Aber plötzlich winkte Molle ab. »Sie kommen ja gar nicht zu uns!«, murmelte sie. »Sie gehen weg.«

»Was?« Bimbo ließ Klärchen einfach los und lief zu den anderen. »Wieso gehen die weg?«, schrie sie. »Haben wir denn nicht gesagt, dass das Fest auf der Hauskoppel stattfindet?«

»Klar haben wir das gesagt.« Fassungslos sahen Dany, Peggy, Bimbo und Molle zu, wie die Eltern hinter der Hausecke verschwanden.

»Was ist los, Kinder?«, rief Oma Brendel ängstlich. Sie hatte inzwischen die Servietten, die von einem Windstoß hochgewirbelt worden waren, wieder schön aufgestellt.

»Mami und Daddy gehen weg!«, rief Molle. Sie war den Tränen nahe. »Das können sie doch nicht machen! Wo wir alles so schön arrangiert haben!«

Oma Brendel stand auf. »Das glaube ich nicht«, meinte sie. »Ihr habt euch bestimmt verguckt.«

Klärchen stand immer noch an der gleichen Stelle. Sie kaute an dem Bauchgurt herum, den Bimbo ihr umgeschnallt hatte, um die Ausbindezügel daran zu befestigen. Unter dem Bauchgurt lag die Satteldecke, die Peggy mit einer weißen Spitzenkante umsäumt hatte.

Alles war so schön. So viele Stunden hatten sie mit der Vorbereitung verbracht … Und jetzt gingen die Eltern einfach weg! Nach einer Weile, während sie unsicher und verwirrt vor der Festtafel auf und ab gingen, räusperte Dany sich. »Ich werde sie holen«, sagte er.

»Wenn die mit dem Wagen wegfahren, holst du sie nie und nimmer ein.« Peggy wollte ihren Bruder zurückhalten, aber der riss sich los. Er rannte über die Wiese, stolperte, fiel beinahe, rappelte sich auf und rannte weiter.

Auf einmal blieb er stehen. Er stand wie erstarrt. Er blickte in eine Richtung und schüttelte verwundert den Kopf. Die anderen konnten nicht sehen, was los war.

»Was ist?«, rief Peggy.

Dany wandte sich zu ihnen um. »Da kommt noch jemand«, sagte er. »Sie haben jemanden abgeholt.«

»Na wenn schon!«, rief Molle. »Ist doch in Ordnung! Hier an der Tafel ist noch Platz!«

»Gäste sind immer willkommen«, meinte Peggy. Ihr fiel plötzlich ein, dass sie ja wirklich ein paar Freunde hätten einladen können. Aber dazu war es nun zu spät …

Dany ging mit schleppenden Schritten zu den anderen zurück. »Ihr habt ja keine Ahnung, wen die Eltern mitbringen.«

»Na, dann sag es doch endlich!«, drängte Peggy. »Spann uns nicht auf die Folter.«

»Es ist …« Dany holte tief Luft. Er warf einen langen, hilflosen Blick zu Molle hinüber. »Es ist … Dolly.«

Molle erbleichte. Sie schloss die Augen.

»Bist du sicher?«, kreischte Peggy. »Das ist doch bescheuert! Was hat Dolly hier zu suchen? Ausgerechnet sie!« Sie rannte zu Molle, legte den Arm um ihre Schulter und streichelte tröstend ihr Haar. »Reg dich nicht auf, Molle. Bitte, wir kriegen das schon hin.«

Molle drehte sich um. Sie hob nur hilflos die Schultern. Oma Brendel, die besorgt von einem zum anderen geschaut hatte, klatschte plötzlich fröhlich in die Hände. »Also, Kinder, nun macht mal nicht ein Gesicht wie zehn Tage Regenwetter. Das kann doch keine Katastrophe sein, wenn eure Eltern jemanden mitbringen.«

»Doch, Oma Brendel, es ist eine Katastrophe«, murmelte Dany. Aus halb geschlossenen Augen sah er, wie die drei, gefolgt von Ben und dem Schäfchen, näher kamen. Eine richtige feierliche Prozession. Wenn es nicht so entsetzlich wäre, dachte er grimmig, könnte es beinahe komisch sein …

»Wer ist denn diese Dolly?«, fragte Oma Brendel.

Molle wandte ihr den Kopf zu. »Das ist die Frau, die mich sitzen lässt.«

Oma Brendel riss ihre Augen auf. »Ach … so …«, sagte sie gedehnt. Dann kramte sie ihre Brille aus der Rocktasche, setzte sie auf und blickte sehr interessiert auf die Ankommenden.

Bimbo rannte zum Kassettenrekorder und drückte auf »POWER«.

»Egal!«, brüllte sie. »Wir machen jetzt Musik!«

Ein ganzes Sinfonieorchester, ungefähr tausend Mann stark, erfüllte plötzlich die Luft. Die Vögel, die auf der Wiese herumspaziert waren, auf der Suche nach Regenwürmern, flogen in einem wilden, aufgeschreckten Schwarm davon.

Das Fohlen wäre beinahe umgekippt vor Schreck.

Klärchen warf den Kopf zurück, soweit es ihre Ausbindezügel zuließen, und stellte sich auf die Hinterbeine. Jetzt sieht sie erst richtig aus wie ein Zirkuspferd, dachte Bimbo stolz.

Die Geigen jubelten, die Trompeten bliesen, die Pauken dröhnten. Es war einfach toll. Unter den Klängen einer wilden Sinfonie schritten Dr. Brendel und seine Frau Sonia, die Englischlehrerin Dolores Malzahn (in einem pinkfarbenen Rüschenkleid), Ben und das Schaf Rosi über die Weide.

»Kinder!«, rief Sonia Brendel überwältigt. »Nein, so etwas!«

Bimbo lief den Gästen entgegen, begrüßte sie wie eine Zeremonienmeisterin und führte sie feierlich zu den Stühlen. Dass für Dolly eigentlich kein Platz vorgesehen war, merkte in der Aufregung niemand, denn die Kinder standen noch alle. Dolly lächelte geschmeichelt in die Runde. Alle gaben ihr die Hand, nur Molle nicht. Molle tat, als sei sie schrecklich beschäftigt, ein Gänseblümchen wieder an der Tischdecke zu befestigen.

Dolly schaute Molle aber so lange an, bis sie es nicht mehr aushielt. Molle machte ein trotziges Gesicht.

»Manuela Brendel«, sagte Dolly feierlich. »Ich weiß, dass du dich nicht besonders freust, mich hier zu sehen …«

Molle schnäuzte sich verlegen.

»... aber ich bin mit einer guten Nachricht gekommen. Willst du sie hören?«

Molle musterte die Lehrerin argwöhnisch, dann nickte sie langsam.

»Komm her«, sagte Dolly freundlich.

Molle ging um die Tafel herum und blieb einen halben Meter vor Dolly stehen.

»Noch näher«, flüsterte Dolly. »Es ist doch unser Geheimnis. Es soll niemand hören.«

Molle beugte sich vor. Dolly legte ihre Hand an Molles Ohr und flüsterte: »Du hast eine hervorragende Arbeit geschrieben. Ich habe sie den anderen Lehrern vorgelegt. Ich habe erzählt, wie fleißig du in den letzten Wochen gewesen bist. Und dass dieser Fleiß belohnt werden muss.« Sie machte eine Pause. Molle wagte vor Aufregung nicht zu atmen.

»Ich habe bei den Kollegen erreicht, dass du versetzt wirst.«

Molle hielt die Luft an. Die Augen traten ihr fast aus dem Kopf. »Ehrlich?«, flüsterte sie.

»Aber ja doch!«, sagte Dolly lächelnd. »Ich erzähl doch keine Märchen!«

Molle war erst bleich geworden und dann feuerrot. Und im nächsten Augenblick fiel sie der Lehrerin einfach um den Hals und küsste stürmisch das rosig gepuderte Gesicht.

»Ich werde versetzt!«, schrie sie, einen nach dem anderen herumwirbelnd. »Ich werde versetzt!«

Die Kinder fielen lachend und jubelnd übereinander her. Sonia Brendel schaute sich das Chaos fassungslos an. »Molle wird versetzt«, meinte sie stirnrunzelnd. »Was ist denn daran so besonders?«

In dem allgemeinen Trubel hatte niemand gemerkt, dass Klärchen und das Fohlen sich längst davongestohlen hatten. Klärchen graste friedlich ganz am Ende der Koppel, während Rosi versuchte, die Bocksprünge des Fohlens nachzumachen. Aber sie fielen beide immer nur von einem Maulwurfshaufen in den anderen. Mühsam fingen die Kinder Klärchen und das Fohlen wieder ein.

Und dann … Musik! Und Tusch! … konnte die Taufe endlich stattfinden.

Bimbo trug eine weiße Waschschüssel, um die ein rotes Band geschlungen war, und Peggy steckte ihre Finger hinein. Sie benetzte damit die Stirn des Fohlens, das erschrocken abhauen wollte, aber Molle hatte die Arme um seinen Hals geschlungen, um es festzuhalten.

»Ich taufe dich auf den Namen Shalimar!«, rief Bimbo feierlich.

Opa Brendel stellte sein Hörgerät lauter und lächelte gerührt.

»Shalimar, du sollst das schönste Pferd unter der Sonne werden, schnell wie der Wind und zärtlich wie deine Mami und so lieb wie alle auf dem Süderhof!«

Die Gäste an der Tafel klatschten Beifall, Klärchen wieherte und Dolly wischte sich eine Träne aus dem Augenwinkel. Es war ein rundum gelungenes Fest.

Von Butterkuchen und den Obsttörtchen war am Ende der Party kein einziger Krümel mehr übrig. Und Ben hatte Bauchschmerzen, wie nach jeder Familienfeier.